A Planta Carnívora

Ficha Técnica

Título: *A Planta Carnívora*

© Copyright José Leon Machado, 2011-2012

Revisão: Adriano Fernandes

Ilustração da capa: Mário Couto

Todos os direitos reservados.

Edições Vercial, Braga

Internet: http://alfarrabio.di.uminho.pt/vercial/evercial

ISBN: 978-989-700-013-3

José Leon Machado

A Planta Carnívora

Continuação de

O Cavaleiro da Torre Inclinada

Romance

Edições Vercial

Ao Mário Cláudio

A *Drosophyllum Lusitanicum*, ou pinheiro-baboso, é uma das raras plantas carnívoras que suporta bem a escassez de água. As suas folhas estão recobertas por glândulas que segregam uma substância com odor a mel que atrai os insetos e outros pequenos animais. Quando estes lhe tocam, ficam presos, acabando por morrer de exaustão depois de se debaterem para tentarem libertar-se. Comparada com outras plantas carnívoras, a *Drosophyllum* é uma das maiores caçadoras em termos de quantidade de presas capturadas.

Adaptado de *Best Carnivorous Plants*

Despedida de solteira

Estava numa reunião de departamento quando sentiu o telemóvel no bolso do casaco a vibrar. Tirou-o e olhou o visor. Era um número extenso desconhecido. Não queria interromper a reunião para ir ao corredor atender. Quem quer que fosse, telefonasse mais tarde.

O professor Roberto Macedo, o coordenador, apresentava ao conselho de doutorados as razões que o levaram a dar um parecer negativo para a renovação do contrato de uma assistente convidada. Havia, segundo ele, queixas dos alunos sobre a forma como a docente lecionava as aulas e sobre os critérios pouco objetivos com que fazia a avaliação. Não apresentava os programas aos doutorados responsáveis, não escrevia os sumários, faltava sistematicamente e tinha uma relação conflituosa com alguns colegas. Face a tudo isto, o coordenador via-se obrigado a desaconselhar a renovação do contrato. Ninguém naquela reunião, o que era no mínimo estranho, quis pronunciar-se ou pedir algum esclarecimento suplementar. Estavam todos, segundo parecia, ou a borrifar-se para o futuro da assistente, ou desejosos de a verem no olho da rua.

O professor Marco Túlio Ferreira lembrava-se da polémica que surgiu quando o coordenador, um ano antes, fez a proposta ao conselho para o contrato da Dr.ª Vânia Mendes, sua orientanda de mestrado. O departamento necessitava de um docente para lecionar Francês e Cultura Francesa e era costume, por questões de qualidade, contratar alguém que fosse nativo na língua e com experiência na área. Face à insistência do coordenador e às desculpas que deu – informou que contactara várias entidades, colocara anúncios nos jornais e na página da universidade, mas ninguém aparecera –, o conselho aceitou o nome proposto. Alguém tinha de lecionar as aulas.

Ora, a Dr.ª Vânia Mendes não era falante nativa e, a crer nos alunos, os seus conhecimentos da língua de Racine eram escassos.

11

O coordenador, de início, protegeu-a, irrelevando queixas e desculpando as faltas e as argoladas científico- pedagógicas.

Constou-se que ambos teriam um caso. Alguém os vira de mão dada a sair de um bar da cidade, a trocar beijos dentro do carro e afagos na sala da coordenação. Mas ninguém sabia ao certo quem viu e quando.

A dada altura, porém, os dois embeiçaram. Vários colegas testemunharam os gritos dela que se ouviam no corredor, apesar de a porta da sala da coordenação estar fechada. O professor Roberto Macedo tinha-a chamado para a informar de que os alunos avançaram com uma queixa contra ela para a reitoria. Como não passou pelas suas mãos, não pôde fazer nada. A Dr.ª Vânia ficou furiosa, não só com os alunos, esses ingratos e ignorantes, mas também com o coordenador, que permitiu que eles ultrapassassem a sua autoridade e fossem diretamente ao reitor da universidade.

O professor Roberto não gostou dos modos da sua *protégée* e, de início, com muita diplomacia, pediu-lhe para se acalmar. A universidade era uma instituição de gente bem-educada, que dominava os seus impulsos. Como a assistente achou que o coordenador lhe estava a chamar histérica, aumentou o volume de voz. Ela própria, disse, apresentaria ao reitor uma exposição acerca da forma pouco ética como estava a ser tratada no departamento. E saiu porta fora.

Daí a poucos dias, entregou na reitoria um texto de seis páginas e meia em que relatava todas as malfeitorias de que fora vítima pelos alunos, pelo coordenador e pelos colegas, exigindo um formal pedido de desculpas. O texto continha pormenores que, a serem autênticos, levariam à guilhotina o departamento inteiro, empregadas de limpeza incluídas – estas por lhe terem deixado no tampo da secretária uma mancha de sumo de laranja durante mais de uma semana.

O reitor, depois de ler a exposição, telefonou ao professor Roberto Macedo a tentar saber se havia fundamento nas acusações. Ele explicou-lhe que a docente era louca e que o melhor seria pô-la a andar.

– Se bem me lembro – disse o reitor – foi o Macedo que sugeriu que a contratássemos. Agora será você a desenrascar-se. Quero um parecer do departamento aqui na reitoria dentro de duas semanas, o mais tardar. Só então é que despacharei o caso. Se ela meter a universidade em tribunal, sou eu que dou a cara, não é?

– Não se preocupe, sr. reitor. Ela não vai fazer isso.

– E como sabe?

– Já lhe chegou às mãos o protesto dos alunos?

– Sim. Mas isso, como deveria saber, não tem qualquer importância. Recebo todos os dias protestos dos alunos e mal estaria se lhes desse ouvidos. A esta hora, tinha posto na rua a maioria dos docentes. Por isso, vamos lá a mandar para aqui o parecer. Embora a decisão seja minha, assentará naquilo que me disserem.

– O sr. reitor tem sempre a última palavra.

– E ainda bem que tenho. De outro modo, esta universidade seria ingovernável. Apareça para pormos a conversa em dia. Há muito que não o vejo no ténis.

– São os afazeres, sr. reitor. A coordenação tira-me o tempo todo.

– Deixe-se de tretas. Amanhã quero vê-lo no *court*.

E desligou.

O Macedo não teve outro remédio senão convocar uma reunião de conselho de departamento.

Para o Ferreira, tanto se lhe dava como se lhe deu que a assistente fosse incompetente e louca. Tinha sido contratada pelo coordenador, que resolvesse ele o problema. Estava ali a perder o seu precioso tempo por causa das trapalhadas dos outros. No momento da votação, absteve-se, como quase sempre fazia.

Poderia estar no gabinete a preparar algum ensaio ou a ler um calhamaço que mandou vir da Amazon sobre o adultério na Inglaterra vitoriana. Não que este assunto lhe interessasse por aí além. Convinha, no entanto, estar informado, pois era uma das suas áreas de investigação. A verdade é que, depois do divórcio, começou a dar mais atenção a outras temáticas. A Primeira República era a que de momento mais o ocupava, devido às comemorações dos cem anos da sua implantação. Havia muito a fazer: artigos para revistas, comunicações em congressos e capítulos de livros.

Outra temática que o interessava de momento, mais por razões pessoais do que científicas, era a ufologia. Não se atreveria a publicar nada neste âmbito, para não passar por tolo. A ufologia não era, no meio académico, considerada uma ciência e, mesmo dentro de uma abordagem cultural, podia considerar-se matéria escorregadia. Lia tudo o que ia encontrando sobre o assunto, consultava esporadicamente os *sites* da Internet dedicados a avistamentos e via programas e filmes sempre que os encontrava. Guardava no entanto para si os conhecimentos que ia adquirindo e as opiniões sobre o fenómeno ovnilógico. Nem mesmo à amiga brasileira contava, não fosse ela pensar que estava com um parafuso a menos. Um professor universitário da sua categoria, que publicara diversas obras sobre assuntos sisudos e era bem considerado pelos seus pares não podia andar por aí a dizer que acreditava em ovnis como qualquer totó.

O seu interesse pelo fenómeno vinha-lhe de miúdo. Numa noite de calor, estava com a irmã sentado à entrada de casa e viu um objeto luminoso no céu.

– O que é aquilo, Marco? – perguntou ela apontando para leste.

– Há de ser um avião, Diana.

Foram-no seguindo com o olhar. De repente o objeto parou, mudou de cor e subiu rapidamente até desaparecer no alto.

– Não pode ser um avião.

– Se não é um avião, há de ser um helicóptero – propôs a irmã.

– Os helicópteros fazem muito barulho. Tu ouviste alguma coisa?

– Por acaso não.

– E os aviões não param no ar e mudam de cor.

– Queres ver que era um ovni?

– Os ovnis não existem – disse ele.

– Pois não – concordou a Diana. Depois, num tom sério, acrescentou: – Não digas a ninguém que viste um. Se o fizeres, vão dizer que és maluco e podem meter-te num manicómio.

Marco Túlio Ferreira nunca disse a ninguém o que vira naquela noite. Mas nem por isso deixou de se informar sobre o assunto.

Depois da votação, com três votos contra, uma abstenção e doze a favor, o coordenador do departamento deu por encerrada a reunião, satisfeito por se ver livre da assistente rezingona com o aval da grande maioria dos colegas. Caso houvesse problemas, estava agora escudado no parecer do conselho.

O Ferreira levantou-se e dirigiu-se ao gabinete. Encontrou o Licínio junto à porta.

– Está à minha espera?

– Sim. Como ouvi barulho, presumi que a reunião já tivesse terminado. O meu gabinete é logo ali.

– Creio que você já me tinha dito. Mas entre.

Entraram os dois.

– A sua tese, como lhe disse no dia da arguição, está muito boa – comentou o Ferreira sentando-se à secretária. – Já procedeu às correções que o júri lhe sugeriu?

– Ando a tratar disso.

– Terá de pensar em publicar.

– Estou com um dilema e gostaria de ouvir a sua opinião. A tese tem mais de setecentas páginas. Já contactei várias editoras, mas disseram-me que era uma coisa muito grande. Teria de reduzir para metade ou até menos. O problema é que eu não sei o que hei de retirar. Parece-me tudo importante.

– A minha tese tinha mil e trinta e duas páginas. Quando pensei em publicá-la, estava com o mesmo problema. Sabe como o resolvi? Publiquei os capítulos que mais poderiam interessar, mas devidamente filtrados da gordura académica.

– Talvez seja mesmo isso que eu tenha de fazer. Mas custa-me deitar trabalho ao lixo.

– Ó Licínio, ninguém tem paciência para ler obras saturadas de erudição que, embora possam fazer as delícias de um júri de doutoramento, pouco ou nada contribuem para a divulgação científica de uma ideia ou de uma teoria. Você pode dizer em dez páginas o que diria em cem.

– Isso é muito verdade. Fico-lhe agradecido pelo conselho.

– Já me está a dever três favores: um da tradução quando lhe dei o nome da minha amiga Natividade, outro por não o ter moído com perguntas embaraçosas quando arguí a tese, e este.

O Licínio ficou um pouco atrapalhado. Estaria o colega a gozar com ele, ou queria mesmo cobrar os favores?

– Não me olhe com ar de caso, homem! Tem de começar a perceber que a universidade não é uma instituição de caridade. Quando se recebe um favor, mais tarde ou mais cedo é preciso retribuí-lo. Mas não se apoquente com isso. Não se trata de dinheiro ou qualquer outra coisa material. Aqui não aceitamos presuntos nem garrafas de vinho tinto *Barca Velha*. Entende o que quero dizer?

– Penso que sim.

– Se eu um dia vier a precisar de si, espero que não me desiluda.

– Pode contar, professor.

– Não me trate por professor. Você agora também pertence à classe.

– É o hábito. Já sabe que, se precisar, estarei sempre às ordens, dentro das minhas humildes possibilidades.

– Não se humilhe, Licínio. Nem diante de mim, nem diante de mais ninguém.

– Não é o que me têm aconselhado. Disseram-me que, quem quiser subir na carreira, tem de engolir muitos sapos.

– Por isso é que eu lhe digo para não se humilhar. Faça bem a quem o ajuda e, quanto aos outros, deixe andar.

O Licínio sabia que o Ferreira não era um académico vulgar e, embora concordasse com muitas das suas opiniões radicais acerca da universidade, não poderia segui-las, sob pena de vir a chamuscar o seu futuro.

– Agradeço mais uma vez as sugestões e os conselhos. Tenho aula e já estou atrasado. Dê lembranças minhas à Dr.ª Natividade.

– Sabe que já não a vejo desde o dia das minhas provas?

– Pensei que tinham uma relação mais chegada... Como o professor, desculpe, como o Ferreira entretanto se divorciou...

– Não sei o que o levou a pensar isso. A Natividade foi minha colega no mestrado, há alguns anos atrás. Ela nada teve a ver com o meu divórcio. Somos apenas amigos. Se lhe andaram a dizer o contrário, e não me admiraria nada, pois nesta universidade comenta-se a vida de toda a gente, enganaram-no.

– Não ouvi falar em nada – desculpou-se o outro. – Mas como me pareceu que eram muito amigos...

O Licínio sabia que a Natividade podia não ser a causa direta da separação do professor Ferreira. Mas o adultério, com ela ou com outra, era-o certamente. E essa conclusão não a tirou devido aos boatos, mas por conhecimento pessoal e laboratorial: tinha provas mais do que suficientes para concluir que entre ele e ela havia, ou houve, um caso. Compreendia, porém, que o professor o negasse. Estava no seu direito.

– E como vão as coisas entre si e a sua ex-esposa? – atreveu-se a perguntar.

– Nas rédeas. Você conheceu-a nas minhas provas, não foi?

– Sim, cheguei a conversar com ela uns minutos.

– E que achou?

– Pareceu-me uma senhora culta e educada. E muito bem parecida, já agora.

– Sim, ela é realmente tudo isso.

E calou-se. Não estava para dizer ao colega o que pensava da ex-esposa.

O Licínio agradeceu pela terceira vez e foi dar a aula. O Ferreira ligou o computador e, enquanto esperava que o sistema arrancasse, consultou o visor do telemóvel. Tinha uma mensagem nova. Dizia em inglês o seguinte: «Olá, eu sou a Ingrid. Deste-me o teu número em Innsbruck, na minha despedida de solteira. Quero agradecer-te a confiança. Quando puderes, liga-me. Ficaria muito contente em receber notícias tuas e ter-te como amigo.»

O Ferreira comparou o número da mensagem com o número da chamada que não atendera. Era o mesmo.

Lembrava-se da mocinha, rodeada de amigas, que encontrou uma noite em Innsbruck. Pareceu-lhe demasiado nova para casar. Dera-lhe realmente o número do telemóvel e teve direito a beijá-la na face. Agora estava ali ela, a contactá-lo e a pedir a sua amizade, certamente já depois de ter casado. Parecia-lhe, contudo, uma mensagem personalizada, enviada a um grupo de pessoas, prova-velmente a todos os homens que naquela noite lhe facultaram o número de telefone. Tanto mais que, se assim não fosse, ela teria acrescentado algum dado distintivo: caro português, ou coisa do género. Isto se se soubesse que ele era realmente português. De-cidiu responder-lhe: «Ingrid, muitas felicidades e obrigado pela lembrança. Poderás escrever-me para o endereço de *email* que segue abaixo. M. T. Ferreira.» Cerca de dois minutos mais tarde, recebia a resposta. A Ingrid mostrou-se muito agradada com o reencontro e prometeu escrever-lhe por *email* logo que lhe fosse possível.

O Ferreira encolheu os ombros. Poisou o telemóvel e deu atenção ao computador, que já apresentava a janela do sistema. Na caixa de correio, tinha uma mensagem da Maribel. Nem se deu ao trabalho de a ler. Mandou-a logo para a reciclagem. Desde a notí-cia da gravidez que a relação começou a degradar-se. A espanhola entrou em paranoia quando o período menstrual lhe faltou depois do regresso de Innsbruck. Ficou convencida de que estava grávida, mesmo sem fazer o teste, e foi desassossegá-lo. O Ferreira, paler-ma, caiu na asneira de confessar à esposa que tinha engravidado outra. Não teve alternativa senão sair de casa. Assinara os papéis do divórcio há cerca de um mês. Alugara um apartamento perto da universidade e aí vivia. Não estava arrependido de ter saído de casa. Já não conseguia aturar a Ângela. Mas sentia a falta do filho e de alguns confortos. Pelo menos livrara-se dos gritos e das censuras constantes da esposa. Só por isso valia a pena dormir numa tenda e comer salsichas e feijão em lata todos os dias.

A gravidez da Maribel acabou por não se confirmar e ele ficou bastante aborrecido. Não porque ansiasse ser pai novamente, mas por todas as confusões que isso gerou. É certo que muitas delas foram causadas pela sua estupidez. Era especialista em questões de adultério e esquecera-se das regras básicas a ter em conta em situações reais.

A espanhola, depois de descobrir que afinal não estava grávida, terá respirado de alívio. Ele e ela continuaram a telefonar-se e sobretudo a corresponder-se por *email*. Quando o Ferreira quis ir a Alcalá de Henares visitá-la, a Maribel disse-lhe que era melhor não. Ainda não se sentia preparada para o ver de novo. Era a segunda vez que recusava encontrar-se com ele na cidade onde vivia. Começava a desconfiar se não haveria alguma coisa que a rapariga queria esconder, não sabia se aos pais, se a outras pessoas. Talvez o facto de ele ser mais velho, e ainda por cima português, lhe criasse algum embaraço. Era conhecido o desprezo dos espanhóis pelos portugueses. Desprezo, considerava o professor, sem qualquer explicação lógica, pois *nuestros hermanos*, de um modo geral, eram bem mais rústicos e mais broncos. Ficassem lá eles com a bazófia de machos encornados, que era o que sucedia aos que se distraíam com a própria imagem no espelho.

Quanto à Maribel, ia-lhe respondendo aos *emails* com enfado, até deixar de o fazer. Encontrou-a em Lisboa num colóquio, mas ela recusara-lhe o acesso ao quarto do hotel. Disse-lhe que era melhor serem apenas amigos. Para o compensar, comprometeu-se a sugerir a algumas editoras espanholas a publicação das suas obras e ofereceu-se como tradutora. Mas o Ferreira, naquele momento, estava mais interessado numa boa queca do que em literatura. Na segunda noite que passou em Lisboa, comprou o *Jornal de Notícias* e telefonou a uma prostituta. Apareceu-lhe no hotel uma brasileira amulatada que, por um preço bastante mais baixo do que estaria à espera, lhe satisfez a carne e o ego ferido.

Tinha uma outra mensagem de *email* a informar que a sua proposta de comunicação para um congresso em Nova Iorque fora aceite. Deveria proceder à inscrição logo que possível. Nunca tinha estado na América, o que era uma vergonha para um investigador. Seria uma boa altura para visitar a terra do tio Sam.

Desligou o computador, pegou no telemóvel e no calhamaço sobre o adultério na Inglaterra vitoriana e saiu. Precisava de passar no supermercado para comprar uns iogurtes, alguma fruta e uma pasta dentífrica. Decidiu ocupar o resto do dia a ler em casa.

Já no apartamento, comeu qualquer coisa, meteu um CD com a sinfonia n.º7 de Mahler no aparelho e sentou-se no sofá, o livro sobre um dos joelhos aberto na página quarenta e sete. Faltavam cerca de quinhentas para ler. Depressa se enfadou com a prosa maciça do autor anglo-saxónico. A verdade é que o pensamento lhe fugia para a austríaca que o contactara. Ela prometera escrever-lhe mais tarde. Será que já o fizera? Fechou o livro e pegou no computador portátil. Abriu o correio, mas, além das mensagens habituais a convidá-lo a aumentar o pénis ou a ceder o número da conta bancária, nada mais havia. Acabou por entrar no *Facebook*. Há algum tempo que lá não ia. Não tinha tempo nem paciência para estar na conversa com desconhecidos.

Na secção de alertas, verificou que tinha dezanove pedidos de amizade. Metade eram de alunos e o resto de instituições, editoras, empresas de vinhos e de alguns desconhecidos que o queriam ter nas suas listas de amigos para depois o bombardearem com mensagens disto e mais aquilo que pouco ou nada lhe interessavam. Chamou-lhe a atenção um pedido de Ingrid Schögel. Seria a austríaca? Era bem possível. Antes de aceitar, foi dar uma olhada no perfil, para confirmar. A foto representava um gato branco e preto. Nunca percebeu a mania que muita gente tinha de se fazer representar por gatos, cães, tartarugas e outros bichos. Talvez fosse falta de auto-estima. Decidiu aceitar o pedido de amizade e teve de imediato acesso a todo o seu perfil. Era casada, formou-se em Biologia pela Universidade de Innsbruck, gostava de música clássica, de cinema e de programas televisivos sobre a vida selvagem, e era fã de várias associações de defesa do meio ambiente. Na secção de fotografias, aparecia com um tipo, provavelmente o marido, de gorro na cabeça e rodeada de neve como se tivesse ido esquiar. Mal conseguia distinguir-lhe as feições. Havia comentários em alemão que não entendia.

Deixou uma pequena mensagem de boas-vindas em inglês e preparou-se para desligar quando reparou num pequeno alerta no fundo da página. Era a Ingrid a dizer *Hello* no *chat*. Para não ser indelicado, acedeu dizer-lhe as vulgaridades da praxe e livrar-se dela. Tinha mais de trezentos amigos na lista e se conversou com dois foi muito.

A austríaca explicou-lhe que, quando recebeu a mensagem com o seu endereço de *email*, procurou-o no *Facebook*. Ficou muito contente por tê-lo encontrado. Contou-lhe que casara no dia a seguir ao encontro em Innsbruck e que, mais tarde, começou a contactar os homens que lhe tinham dado o número de telefone, para lhes agradecer a confiança e dizer que tudo estava bem. Demorou mais tempo a contactá-lo porque, sempre que tentava ligar, aparecia a operadora a informar que o número não existia. Só depois é que ela se lembrou de que deveria ser estrangeiro e faltava o indicativo do país. Naquela noite, tinha bebido já bastante e não se lembrava de todos os pormenores. O mais certo foi não terem trocado informações a respeito da sua nacionalidade. Por isso, pegou numa lista e fez algumas tentativas com os indicativos da França, de Itália, de Espanha, da Grécia e por fim de Portugal. E conseguiu finalmente ligar-lhe. Era o último que faltava. Na Áustria era de bom tom que a noiva agradecesse a todos os homens que lhe facultaram o número de telefone na despedida de solteira. Havia quem pensasse que dava sorte conseguir contactá-los a todos.

O Ferreira admirou-se com a persistência da rapariga. Em circunstâncias normais, os doze homens a quem ela pedira o número seriam todos tiroleses e facilmente os contactaria. Mas o acaso levou-a a cruzar-se com um português naquela noite. O receio supersticioso de vir a ser infeliz com a sua cara-metade caso não o encontrasse levou-a a empreender uma demanda a que poucas se disporiam. Mas ali estavam eles, a conversar sobre o assunto.

A Ingrid contou-lhe que era bióloga e preparava o doutoramento sobre plantas carnívoras endémicas da Europa. Em Portugal havia algumas espécies muito interessantes e pouco estudadas. Quando ele lhe disse que era professor universitário, a austríaca quis saber se havia algum departamento de Botânica na sua universidade. Gostaria de passar três meses numa universidade de um dos países do sul da Europa para fazer pesquisa. Tinha colocado a hipótese de Portugal ou Espanha, onde havia diversas plantas carnívoras. Talvez ele pudesse ajudá-la. O Ferreira prometeu dar-lhe informações sobre isso nos próximos dias.

Despediram-se com um *see you later* e ele desligou o portátil. Estava a ficar sem bateria.

A Virgem

O Ferreira passou o domingo com o filho. Levou-o ao cinema pela manhã, depois de o recolher em casa, a ver o último filme de animação. Após o almoço numa pizaria, gastou uma boa parte da tarde na demanda de um jogo de consola que o Huguinho muito queria. Quando às dezoito o devolveu, teve de ouvir as censuras da Ângela. Disse-lhe que ele não queria saber do filho, não lhe telefonava durante a semana e, o que era mais grave, não ajudava nas despesas. O ex-marido lembrou-lhe que todos os meses depositava na conta o dinheiro que fora combinado em tribunal.

— E isso chega para alguma coisa? — protestou ela. — Sabes quanto custam umas calças ou umas sapatilhas de marca?

— Nem sei, nem me interessa. Se o dinheiro não é suficiente para umas sapatilhas de marca, que ande com umas sem marca. Saem mais baratas e fazem o mesmo serviço.

— Tu não vives neste mundo! E achas que eu permitiria que o miúdo fosse humilhado pelos coleguinhas que na escola se pavoneiam com tudo o que é bom? O Huguinho não é filho de pobres e analfabetos. Ou queres que ele dê em gandulo?

— Se alguém o estraga, não sou eu. Com essas mariquices todas, arriscas-te a que te saia um inútil.

— Cada vez que abres a boca, dececionas-me. A verdade é que nem do teu filho gostas.

— Pensa o que quiseres. Não vou repetir o que já te disse muitas vezes. O Huguinho é meu filho e gosto dele. Se as coisas nem sempre são como tu queres, paciência. Eu não estou aqui para te agradar. Já lá vai o tempo.

— Grande tratante me saíste! E a lambisgóia que andaste a enganar, já teve a criança?

— Falso alarme.

— Falso alarme? Mas quê? Ela não estava grávida?

– Não, não estava.

– Mas então... Não me digas que essa história da gravidez foi um estratagema para te livrares de mim!...

O Ferreira achou por bem não responder.

– Quem cala, consente. Tu realmente não és um tratante. És maquiavélico. Espero que estejas feliz com o resultado: um casamento desfeito, uma criança que agora não tem pai e uma divorciada com quarenta anos que não sabe o que há de fazer à vida.

As últimas palavras saíram entre lágrimas. O Ferreira não tinha paciência para choradeiras. Virou-lhe as costas e dirigiu-se para o BMW estacionado à frente da casa. Antes de entrar, voltou--se e disse:

– Não posso vir buscar o miúdo na próxima semana. Tenho um compromisso.

– Faz o que quiseres – respondeu ela a limpar as lágrimas ao pulso da mão esquerda. – As amásias hão de ser mais importantes do que o teu filho.

– Antes fosse isso. Prometi aos meus pais levá-los a Fátima e ainda não tive oportunidade.

– Pois então reza muito. E não te esqueças de pôr uma vela. Pode ser que a santa meta algum juízo nessa tua cabeça.

Para quem tinha acabado de chorar, a ironia saía descabida. O Ferreira entrou no carro e arrancou. Sempre que ia a casa, se aborrecia. Será que as ex-mulheres eram todas assim? A história do adultério, de que ele era especialista, nada dizia sobre o tema, talvez porque o divórcio, tirando a época romana, fosse interdito antes do século XIX.

Na semana que se seguiu, telefonou várias vezes ao filho. Lembrou-se de o levar no passeio a Fátima. Conviveria com os avós, os tios e o primo. Mas a Ângela não permitiu. Não queria que a criança fosse traumatizada com o triste espetáculo dos peregrinos a arrastarem-se de joelhos e muito menos queria que os avós lhe impingissem os disparates das aparições e dos milagres que tanto entusiasmavam o povoléu fanático e ignorante.

Em casa dos pais, encontrou a irmã e o sobrinho. O David, o cunhado, decidiu não os acompanhar, pois, além de não ser devoto, tinha nesse domingo um jogo Braga-Porto.

A viagem durou pouco menos de três horas. O Ferreira estacionou no parque das traseiras do santuário. Era quase meio-dia e a Dona Arcília fez questão de assistir à missa, caso a houvesse a essa hora. Havia realmente uma às doze no disco voador gigantesco a que as autoridades eclesiásticas deram o nome de Igreja da Santíssima Trindade. Os pais, a irmã e o pequeno entraram e ele aproveitou para dar uma volta, não sem um olhar de censura da mãe, que gostaria de tê-lo a seu lado a ouvir a missinha, como toda a gente de bem.

O céu estava nublado com algumas abertas e um vento frio soprava de norte. Andava pouca gente no recinto. Nenhum penitente se arrastava de joelhos a pagar promessas. Os tempos eram outros e as pessoas preferiam pagar em dinheiro. Era mais proveitoso para a santa e menos penoso para os peregrinos. Lembrava-se em miúdo de ver gente de joelhos esfolados a arrastar-se ao longo de centenas de metros. Como o dinheiro era pouco, os sacrifícios corporais saíam mais em conta.

Sentou-se num banco da cobertura que resguarda a capela das aparições. Olhou a estatueta da Senhora, pintada de branco e de coroa na cabeça. Aquela imagem, sabia, não representava a Senhora que os pastorinhos afirmaram ter visto sobre a azinheira. As descrições dos inquéritos falavam de uma menina mais brilhante do que o Sol, de saia curta, botas altas e uma bola de picos na mão por onde lhes mostrava coisas. Era uma descrição típica da literatura ovnilógica. Se apareceu alguém aos três miúdos, não foi a mãe de Cristo, mas um ser extraterrestre. A religião, na falta de explicações lógicas e razoáveis, era pau para toda a colher. O pai de uma das crianças, perante alguns vizinhos que duvidavam ter a Virgem Maria aparecido ali nos cus de Judas, disse-lhes: «Se não é Nossa Senhora, quem mais pode ser?» Como se não houvesse mais mundos para além deste e do que a religião inventava.

O Ferreira estava convencido de que as aparições de Fátima,

aliás como as de outros locais de peregrinação, não tiveram nada a ver com religião. Mas também não era tão radical em afirmar que tudo não passava de invenção de esquizofrénicos, mentirosos ou oportunistas. O chamado milagre do Sol provava aos seus olhos que algo fora do vulgar tinha ali sucedido. Cinquenta mil pessoas assistiram ao fenómeno e não podiam estar todas alucinadas. As ilusões coletivas não existem a essa escala. Além disso, havia pessoas não crentes entre a multidão que descreveram o que viram: o Sol, ou o que quer que fosse, rodando numa dança frenética. O professor da Universidade de Coimbra José Maria de Almeida Garrett, presente na Cova da Iria no dia 13 de outubro de 1917, escreveu num artigo que «o Sol, girando loucamente, parecia de repente soltar-se do firmamento e, vermelho como o sangue, avançar ameaçadoramente sobre a terra como se fosse para nos esmagar com o seu peso enorme e abrasador.» Alguns, porém, mais clarividentes, afirmaram nos testemunhos que deram em artigos de jornais, em livros e em inquéritos, que não foi o Sol que andou, mas outra coisa. O jornalista de *O Século* Avelino de Almeida referiu-se a um disco de prata fosca. Um padre, num jornal paroquial, foi claro ao dizer que não tinha sido o Sol a andar, mas um veículo que trouxe e levou Nossa Senhora. Para o Ferreira, estas descrições eram pistas que apontavam para o que realmente aconteceu.

Entre 13 de maio de 1917, se não mesmo antes, e 13 de outubro do mesmo ano, se não mesmo depois, três crianças foram vítimas daquilo a que em ufologia se designa por encontros imediatos de terceiro grau. A senhora que lhes apareceu mais não seria do que um holograma projetado de um aparelho voador devidamente camuflado a alguns metros de altura. No dia 13 de outubro, cinquenta mil pessoas viram o aparelho, mas, por ignorância, a grande maioria delas confundiu-o com o Sol. De acordo com os testemunhos, o aparelho andou por ali a fazer piruetas, mudando de cor, rodando sobre si mesmo, descendo e subindo. Ao passar sobre a multidão, secou as roupas molhadas da chuva que toda a manhã caíra. A Sagrada Família que muitos afirmaram ter visto dentro do pretenso Sol, a Senhora, o São José e o Menino acenando à multidão, mais não seriam do que os tripulantes que, como atores zelosos, assim se despediam da plateia após a atuação.

Ali nada houve de sobrenatural. Tudo era explicável. Mas a explicação, ao contrário do que alguns céticos pensavam, não estava em teorias da conspiração engendradas por clérigos que viam o poder da Igreja a diminuir com o regime laico da Primeira República, ou em fenómenos naturais que ninguém sabia exatamente como seriam possíveis. A explicação de tudo o que sucedeu em Fátima em 1917 estava na ufologia, essa ciência a que os investigadores ditos sérios não reconheciam objeto e método de estudo, pelo facto de basear-se em alegações não mensuráveis, impossíveis de comprovar pela experiência devido à falta de testemunhos materiais. Alguém dizer que viu um disco voador e que falou com os seus tripulantes não era suficiente. E o Ferreira sabia-o.

Mas será que não havia qualquer prova, para além dos testemunhos, que pudesse explicar o que ali aconteceu? Era do conhecimento público que a Cova da Iria fora, durante vários anos, lugar propenso a curas milagrosas. Doentes de cancro e com outras maleitas que ali se deslocaram bebiam água, preparavam mezinhas com a terra do lugar e, sem mais para quê, apareciam curados. Talvez, considerou o Ferreira, isso se devesse a propriedades iónicas e radioativas do lugar causadas pelo objeto voador e que se foram dissipando com os anos. Ninguém se lembrara de medir a radioatividade do lugar. Quase cem anos depois dos acontecimentos, talvez fosse tarde demais.

Lembrou-se das fotografias tiradas por um fotógrafo que trabalhava para o jornal *O Século*, um tal Benoliel. Poderia o fotógrafo ter apanhado alguma coisa que até ao momento escapara aos estudiosos? Embora soubesse que um objeto em movimento era muito difícil de fotografar com as câmaras da época, decidiu, quando voltasse para casa, dar uma olhada nas fotos.

Refletia ele nisto quando reparou na presença de uma jovem freira sentada do outro lado, a olhar para a imagem da Senhora.

Tinha um bonito rosto, emoldurado pelo hábito castanho. Não percebia como podia uma mulher renunciar à vida em nome de uma fé assente em equívocos e falsidades. Era um desperdício. Aquela rapariga, pensou, deveria estar em casa, a preparar-se para sair com o namorado, acompanhá-lo ao cinema ou à discoteca, receber uns beijos, sentir o desejo por um homem e satisfazê-lo se tivesse oportunidade. Mas não. Estava ali feita tonta a olhar para a estátua de madeira pintada, a pedir perseverança na virtude e força para se afastar das tentações e do pecado. Apeteceu-lhe ir ter com ela e dizer: «Venha comigo. Vou mostrar-lhe a vida.» Que ingénuo que era! Sabia mais da vida do que aquela freira? Não seria ela, na sua ignorância, muito mais feliz?

A religiosa levantou-se do banco, fez o sinal da cruz, dobrou um joelho e avançou em direção ao local onde o Ferreira estava sentado. Parou quatro segundos para lhe dizer a meia voz:

– Se quiser falar comigo, estarei na Basílica de Nossa Senhora do Rosário.

E afastou-se.

O professor ficou perplexo a olhá-la, em passinhos rápidos sob o hábito castanho comprido por onde espreitavam umas san-dálias, em direção à basílica onde pendiam duas gigantescas fotos dos beatos Jacinta e Francisco. Teria a freira percebido que ele estava a observá-la? Não acreditava que pudesse ter poderes telepáticos para saber em que pensava. O mais certo era ser uma freira lúbrica, desejosa de um *flirt* com algum peregrino bem parecido.

Esperou cinco minutos para evitar que os velhotes que ali rezavam o terço se pusessem a imaginar coisas, e dirigiu-se para a igreja. Estava de novo no caminho da aventura. Desta vez com uma freira. E bem bonita, por acaso.

Viu-a sentada no terceiro banco da ala esquerda a contar da entrada. Sentou-se ao lado. A basílica estava quase deserta. A freira ignorou a sua presença, aparentemente absorta na pintura do altar-mor. Quando o Ferreira estava a ficar farto daquilo e a pensar pôr-se a andar, ouviu numa voz doce:

– Pressinto as suas dúvidas e as suas angústias. Eu não deveria estar aqui a falar consigo. Mas se puder ajudá-lo a encontrar o caminho, talvez Nossa Senhora me perdoe por eu ter quebrado as regras.

– Obrigado, irmã, pela gentileza da oferta. Mas não precisava de quebrar as regras por minha causa. Sou um caso perdido.

– Se está aqui, é porque não é um caso perdido.

– Engana-se. A minha presença em Fátima não tem a ver com as minhas dúvidas e angústias.

– É muito estranha a forma como nega as evidências. Eu sei quem o senhor é e por que razão veio a Fátima.

O Ferreira sorriu. Estaria a freira a querer convencê-lo de que tinha poderes?

– Não tenho mais poderes do que qualquer outra pessoa – continuou, como se tivesse adivinhado o que ele estava a pensar. – Mas sou boa observadora.

– O que me quer, irmã? Eu não sou um homem religioso e será um esforço vão tentar converter-me.

– Foi o irmão que me procurou. Com o olhar.

– Eu simplesmente olhava em frente. A irmã estava ali por acaso e chamou-me a atenção. Nada mais.

– Se não é um homem religioso, que estava a fazer na capelinha das aparições?

– Esperava uns familiares que foram à missa. Ali sempre se está mais resguardado do vento.

– É muito estranho isso que me diz.

– Para mim não há nada de estranho.

– Quando o vi ali sentado, pareceu-me um homem que perdeu o caminho na floresta e não sabia como voltar para casa.

– Eu compreendo que a irmã queira ajudar as pessoas e parece-me natural que, ao me ver ali, tenha pensado que eu precisaria de apoio. Mas creia-me, nem eu me perdi na floresta, nem quero voltar para casa.

– Não tem fé em Nossa Senhora de Fátima?

– Não, não tenho.

– Então porque veio aqui?

– Acompanho os meus familiares.

– Mas se não é crente, poderia não ter vindo com eles.

– Prometi trazê-los.

– Prometeu? Porquê? Eles são crentes?

– Sobretudo a minha mãe. Já tentei fazer-lhe ver que é uma estupidez acreditar que a Virgem apareceu aqui, mas não se deixa convencer. Uma das características da fé é a teimosia e a negação de toda e qualquer evidência que a ponha em causa. Desculpe, não quis ofendê-la...

– Oh, não! Estou habituada. Não passam por aqui muitos ateus. Mas sempre há alguns que gostam de argumentar.

– Eu não sou ateu.

– Se não é ateu, por que razão não acredita que a Virgem apareceu aos três pastorinhos?

– Porque isso é absurdo. A Virgem não anda por aí a aparecer a qualquer um.

– E porque não?

– Essa pergunta, irmã, levará a uma resposta e depois a outra pergunta que exigirá nova resposta e não sairemos daqui.

– Também defende que as aparições de Fátima são maquinações do clero?

– Não. Essa interpretação é abusiva e demagógica, própria de gente superficial e mal informada que não se dá ao trabalho de investigar o que realmente sucedeu.

– E no seu entender, o que sucedeu?

– Se a irmã não sabe, não tenho o direito de lho contar. Se ama Fátima, poderá descobrir por si própria. Mas para isso deverá ler a documentação que existe, criticamente, sem preconceitos religiosos. O que será muito difícil.

– A que documentação se refere?

– Aos inquéritos que foram realizados aos três pastorinhos pelo pároco em 1917 e depois aos que foram ordenados pelo bispo de Leiria. E os relatos e testemunhos da época publicados em jornais.

— E onde posso encontrar tudo isso?

— Estão publicados em vários volumes, juntamente com outra documentação. Pode encontrá-los na biblioteca do santuário, se é que existe alguma, ou numa livraria.

— Talvez a biblioteca da minha congregação os tenha.

— Sim, é provável.

— E que vou encontrar nessa documentação?

— A verdade.

— O irmão já a encontrou?

— Parte dela, sim.

— E o resto onde está?

— Na minha capacidade de ver para além das sombras e do nevoeiro que os homens foram criando, por ignorância, por conveniência, por interesses mesquinhos, à volta deste lugar e do que ele significa.

A freira desta vez não replicou. Continuava a olhar em frente enquanto brincava com as contas do terço que levava nas mãos longas e brancas.

O Ferreira reconheceu que se enganara acerca da irmãzinha. Não era um *flirt* que ela queria. Era uma conversão, para poder, quem sabe, ir gabar-se às outras freiras e com isso ganhar indulgências para o Céu. Olhou o relógio e considerou que a missa devia estar a terminar.

— Tem de ir, não é? — disse ela subitamente. — Desejo-lhe muita paz. Foi isso que a Virgem veio aqui oferecer. Obrigada pela conversa. Eu, que pensava que ia ajudar alguém, fazer uma boa obra para desconto das minhas muitas faltas, acabei por ser eu a receber a ajuda. Os desígnios de Deus são insondáveis.

— Lembra-se do que a Virgem disse aos pequenos? Que aprendessem a ler. Fazendo meu o conselho, peço-lhe que aprenda a ler.

— Mas já sei ler...

– Sabe mesmo?

A freira voltou-se, encarou-o pela primeira vez e perguntou-se o que queria aquele homem de aspeto atraente e educado dizer com aquilo.

O Ferreira levantou-se, estendeu a mão e disse:

– Adeus, irmã. Foi um prazer.

A freira ergueu-se também e segurou-lhe a mão.

– Eu sou a irmã Rafaela. Se um dia voltar a Fátima, procure--me no Colégio Nossa Senhora do Rosário. É uma escola religiosa. Sou lá professora de Matemática.

– E a irmã, se for para o norte, poderá encontrar-me na Universidade D. Dinis. Sou lá professor.

– E por que nome pergunto?

– Marco Túlio Ferreira. Ao seu inteiro dispor.

– Vá com Deus e a Virgem, professor.

Ele afastou-se e saiu da basílica. Ao fundo do recinto, o gigantesco disco de pedra e cimento largava a carga da missa. Desceu as escadas, atravessou a Cova da Iria a passo ligeiro e encontrou os familiares junto à cruz ferrugenta.

– Onde te meteste? – perguntou a mãe. – Sempre não foste à missa?

– Estive na capela e depois fui à basílica.

– E que estiveste lá a fazer? – perguntou a irmã com um sorriso irónico, pois conhecia-lhe a pouca devoção.

– A falar com a Virgem.

– Vamos mas é ao tacho! – replicou o sr. André de mãos nos bolsos. – Estou com uma fome de abade!

Abandonaram o santuário e meteram-se num restaurante onde, pela abundância dos clientes, se devia comer bem.

Pesquisa

O computador bloqueou duas vezes no arranque. Eram os inconvenientes de quem usava um PC com o *Windows*, o pior sistema operativo, mas, inexplicavelmente, o mais enraizado. Nem o próprio Ferreira entendia por que continuava a usá-lo. Talvez fosse o hábito. À terceira vez, o sistema, depois de vacilar alguns segundos, ganhou balanço e apresentou o ambiente de trabalho. Era, pensou, tão caprichoso como uma espanhola. Entre o arranca e o não arranca perdeu mais de dez minutos. Fez contas de cabeça: dez minutos por dia, dava setenta por semana e 2100 por mês. Ao fim de um ano eram 25200 minutos perdidos, correspondentes a 17 dias e meio.

Consultou o *email*. A caixa tinha algumas dezenas de mensagens. Foi-as apagando conforme ia lendo os cabeçalhos. No final, restavam seis: quatro relacionadas com o serviço académico, uma da Dulce e outra da Ingrid. A austríaca agradecia-lhe as informações acerca do Departamento de Botânica na Universidade D. Dinis que ele enviara entretanto. Já contactara a professora responsável. Através dos programas de mobilidade, tentaria conseguir financiamento para passar um semestre em Portugal. Gostaria de fazer trabalho de campo junto ao rio Douro onde, segundo informações de que dispunha, existia uma espécie vegetal única: a *Drosophyllum Lusitanicum*, conhecida como pinheiro-baboso ou orvalho-do-sol.

Leu por fim a mensagem da amiga brasileira. A Dulce contava-lhe que o marido, com receio de que ela avançasse para o divórcio, lhe prometeu mudar. Ela impôs algumas condições e, no caso de serem violadas, não voltaria a perdoar-lhe. O Ferreira não queria envolver-se no assunto. Escreveu como resposta umas quantas frases inócuas, com votos de felicidades, e encerrou o programa de *email*. Estava finalmente livre para fazer aquilo que o levara a ligar o computador: procurar as fotografias tiradas por Benoliel no dia 13 de outubro de 1917 em Fátima.

O motor de busca indicou-lhe em primeiro lugar a página oficial do santuário. Depois de vasculhar entre lixo turístico-piedoso, encontrou uma secção com uma coleção de fotografias da história do lugar. Centrou a sua atenção na data pretendida. Benoliel fotografou de vários ângulos a multidão que se aglomerava na Cova da Iria. Na manhã do dia 13 de outubro, chovera intensamente e nalgumas fotos viam-se os guarda-chuvas abertos. Mas noutras não se viam os guarda-chuvas, tendo sido tiradas depois da uma da tarde, altura em que a chuva parou e se deu o pretenso milagre do Sol.

Duas fotos despertaram-lhe especial atenção. Na primeira, notava-se aquilo que lhe pareceu ser fumo. Achou estranho, pois não havia qualquer informação acerca de um incêndio na zona, ainda para mais depois de ter chovido. O fumo elevava-se do canto inferior direito, subia até ao céu e voltava-se para a esquerda num ângulo de 180 graus. Guardou-a para depois analisar com mais calma.

Na segunda, as pessoas olhavam para o lado esquerdo, onde se encontrava uma fonte de luz. Havia alguns pormenores que o intrigaram. Se a foto foi tirada por volta da uma da tarde, a fonte de luz não poderia ser o Sol, que estava praticamente no seu zénite, algures escondido nas nuvens e sobre as cabeças das pessoas. Se fosse o Sol, a foto nunca poderia ter sido tirada àquela hora, mas ao início da manhã ou ao fim da tarde. Ora, em qualquer desses momentos, quer as pessoas, quer o fotógrafo, não se encontravam na Cova da Iria. Outro pormenor que o intrigou foram as manchas escuras do lado esquerdo, como se a foto se tivesse ali deteriorado. As manchas tanto podiam estar apenas na cópia em papel sobre que foi feito o *scan* para colocar na Internet, como estar também no negativo. Se estivessem no negativo, poderiam ser uma prova de que a fonte de luz, no momento em que Benoliel abriu o diafragma, causou queimaduras na emulsão. Guardou também esta foto.

Nas restantes, nada de significativo lhe chamou a atenção. Abriu um programa de edição de imagens e aplicou vários filtros às duas que guardara. Na primeira, detetou o Sol semioculto pelas nuvens e, ao lado, outro objeto circular que parecia deslocar-se na vanguarda do fumo, como se fosse ele a sua origem. Na segunda, detetou também o Sol no alto, entre as nuvens, e a fonte de luz do lado esquerdo, para onde as pessoas olhavam. Conforme as duas fotografias pareciam indicar, o Sol estava lá no alto, entre as nuvens, e um objeto luminoso andara por ali às voltas, levando a que muita gente o confundisse com o Sol.

Faltava, todavia, comprovar esta hipótese. Para isso, o Ferreira teria de ver as fotos em papel feitas na época, se ainda existissem, ou os negativos. Tanto mais que as manchas do lado esquerdo da foto 2 poderiam ser devidas à sujidade ou à deterioração do papel e não a queimaduras. E o rasto de fumo da foto 1 poderia dever-se à deterioração dos químicos da cópia em papel devido à humidade ou à oxidação.

Acedeu à Biblioteca Nacional e procurou pelo nome do fotógrafo. Havia um grande acervo. Ao que parecia, o espólio de Benoliel fora doado à biblioteca após a sua morte em 1932. Era provável que as fotografias de Fátima estivessem também ali. Dentro de alguns dias, iria a Lisboa participar num júri de mestrado na Universidade Nova e aproveitaria para lá passar. Pelo sim, pelo não, enviou uma mensagem à biblioteca a perguntar se fotos eram consultáveis e se existiam os negativos. Responderam-lhe no dia seguinte a informar que as fotos se encontravam em formato digital guardadas em CDs e poderiam ser consultadas no local. Dos negativos nada disseram.

Decidiu levar o carro para Lisboa, pois contava parar em Fátima caso não conseguisse encontrar as fotos de 1917 na biblioteca. Como detestava conduzir na capital, logo que chegasse, deixaria o carro na Estação do Oriente e andaria de metro.

A colega que o convidara a fazer parte do júri da tese, a Maria da Piedade, especialista em História Medieval, já o esperava quando ele chegou à Avenida de Berna, depois de sair na estação do Campo Pequeno ao final da manhã. Foram almoçar ao Restaurante Maldamores perto da universidade.

Enquanto comiam, falaram do trabalho da mestranda.

O Ferreira disse que gostou do tema, a misoginia nas constituições sinodais portuguesas medievais, e da forma como foi desenvolvido. O trabalho estava bom e a candidata, só pelo facto de escolher um tema desses, já merecia um louvor. A Maria da Piedade referiu que os catedráticos seus colegas se achavam donos e senhores de certas matérias e desmotivavam o seu estudo. E confessou que fora exatamente por isso que o convidara. Ele poderia fazer uma arguição mais séria e isenta do que qualquer catedrático especialista na Idade Média.

– Como não têm outro modo de se afirmarem – comentou o Ferreira –, fazem-no pela humilhação dos que lhes são inferiores.

Os dois colegas conheceram-se no júri de uma tese de doutoramento, alguns anos antes. Ficaram mais ou menos amigos e trocavam livros e artigos esporadicamente.

– Como está a tua família? – perguntou ela durante a sobremesa.

O Ferreira contou-lhe que se tinha divorciado e que vivia sozinho. A Maria da Piedade lamentou, acrescentando que sabia o difícil que era, pois tinha passado pelo mesmo.

Faltavam dez minutos para as provas e estava na hora de voltarem à universidade. Chegaram em cima da hora.

Pouco depois das dezasseis, as provas estavam terminadas. O arguente foi benévolo para com algumas falhas da tese, que não eram graves, e votou pela nota máxima. À saída, e já depois de darem os parabéns à nova mestre, a Maria da Piedade agradeceu-lhe e perguntou se ficava em Lisboa ou partia de imediato para o norte. O Ferreira disse-lhe que precisava de passar na Biblioteca Nacional e que estava dependente de uma pesquisa que tinha de fazer. Se encontrasse o que procurava, partiria ainda naquela tarde. De outro modo, ficaria para o dia seguinte a continuar a pesquisa.

Ela então sugeriu que, caso ficasse, lhe telefonasse ao fim da tarde. Convidava-o para jantar. Estaria na universidade até às dezanove e depois iria para casa, em Chelas. Se quisesse telefonar antes dessa hora, iria ter com ele à biblioteca ou a outro local.

Despediram-se com dois beijos na face e o Ferreira dirigiu-se à estação do Campo Pequeno onde apanhou o metro para a Cidade Universitária. Como tinha o cartão caducado, passou quase meia hora e regularizá-lo e só então lhe deram permissão para aceder aos serviços bibliotecários. Passava das dezassete e trinta quando uma funcionária lhe entregou com uma lentidão de lesma uma caixa com dezenas de CDs. Sentado a um dos computadores do século passado, introduziu o CD n.º1 e foi passando as fotos de Benoliel. Não havia legendas nem qualquer informação adicional. Representavam ruas de Lisboa, grupos de soldados a olhar pasmados a câmara, saloios, varinas, políticos de cartola, senhoras e cavalheiros de braço dado, meninas vestidas de folhos e miúdos de marinheiro, carroças, elétricos, calhambeques, casas de comércio e monumentos. Cada fotografia demorava o seu tempo a carregar devido à lentidão do computador. Faltavam poucos minutos para as dezanove e ele tinha visto menos de metade do primeiro CD. Àquele ritmo, precisaria de um mês para vê-los todos. Ainda por cima, para se guiar, não tinha nada mais que um número escrito a marcador sobre cada CD. Só para tirar teimas, introduziu o CD n.º13. Era mais do mesmo. Devolveu a caixa, que a funcionária, diante dele, vasculhou a contar os CDs, não fosse faltar algum.

Enquanto descia as escadas, ligou à Maria da Piedade para lhe dizer que aceitava a companhia ao jantar. Mas pagaria ele. A colega sugeriu que se encontrassem no Centro Comercial Vasco da Gama. O Ferreira não gostava muito do lugar por lhe recordar os momentos que ali passara com a Maribel, mas disse-lhe que sim. O que chegasse primeiro, esperava na livraria.

O metro àquela hora ia à pinha. Encostou-se a um canto, junto à porta travada, e ali foi vendo passar as estações, as entradas e saídas, o rosto e a figura dos utentes. Havia uma boa percentagem de africanos e alguns asiáticos. O resto tinha aspeto indefinido: os autóctones resultantes de antigas misturas de invasões, imigrações e sonhos desfeitos. No século XVI, dez por cento dos habitantes de Lisboa eram negros. Os negros que se viam não eram descendentes desses. Os descendentes eram os autóctones, que olhavam para os recém-chegados com desprezo, ignorando que também eles tinham uns quantos genes da mesma origem. Em Portugal, de certo modo, somos todos negros. Se não de pele, certamente de mitocôndrias, herdado das nossas avós africanas que os traficantes de escravos para aqui trouxeram de Angola como as bananas e que os senhores fecundavam a seu bel-prazer.

A Maria da Piedade chegou um pouco depois e sugeriu que fossem jantar a um restaurante do Parque das Nações. O Ferreira gostou da sugestão. Não lhe agradavam os restaurantes do centro comercial, barulhentos e com mau serviço.

Já sentados à mesa com uma vela ao centro, a colega perguntou:

– E que tal a pesquisa? Encontraste o que procuravas?

– Não. Amanhã tenho de lá voltar e o mais provável é perder o meu tempo.

– Alguma obra rara?

Em vez de responder, o Ferreira optou por questioná-la:

– O que pensas de Fátima?

– Da Senhora de Fátima ou do santuário?

– De tudo isso.

– O que é que hei de pensar? O que toda a gente esclarecida pensa.

– E que é?...

– Que tudo aquilo é um embuste.

– E porque pensas isso?

– Porque não sou crente. E quem não é crente não acredita em aparições e milagres. Mas que tem isso a ver com a tua investigação?

– Estou interessado no assunto.

– Como crente?

– Não! Como objeto de investigação.

– Mas não será mais para as áreas da Sociologia e da Psicologia?

– Fátima pode ser estudada nas mais diversas áreas científicas. Até pela Cultura e pela História. Não te esqueças de que as aparições foram o acontecimento mais importante que se deu em Portugal no século XX.

– Parece-me exagerado. Então a implantação da República em 1910, o golpe militar de 1926, a guerra colonial e a revolução de 1974 não foram muito mais importantes?

– A meu ver, não.

– E porquê? Que importância tem Fátima para o país e para o mundo? Quando oiço falar de Fátima, sabes o que me vem à mente? Gente simples e ignorante, que sai das suas aldeias e se arrasta por essas estradas com bolhas nos pés, para comprar ou pagar favores divinos, deixando nos cofres do santuário o dinheiro que lhe faz falta no dia a dia.

– Sim, Fátima é muito essa imagem que sobretudo a televisão nos dá.

– Ainda não me disseste qual é o teu interesse por Fátima.

O Ferreira não lhe queria falar de ufologia, para a colega não ficar a pensar que ele era um tolo, e contou-lhe uma balela:

– É a questão cultural que me interessa. António José Saraiva aponta o culto mariano como uma das características do povo português. Que impacto tiveram as aparições na religiosidade, na política, na literatura e na arte? O Saramago, por exemplo, tem um capítulo muito interessante sobre Fátima no *Ano da Morte de Ricardo Reis*.

– E a tua pesquisa na biblioteca tem a ver com isso?

O empregado de mesa aproximou-se e serviu-os de uma travessa de mariscos variados. O Ferreira furtou-se a responder.

Foi uma insensatez da sua parte ter falado de Fátima. Os académicos não perdem tempo a estudar tais assuntos. O seu objeto de trabalho está no pó do tempo, em velhos manuscritos ou obras publicadas há mais de duzentos anos. Não faltaria tema de conversa, se se cingisse apenas à Idade Média.

Depois do jantar, saíram num passeio ao longo da margem do rio. A Maria da Piedade pendurou-se no braço do Ferreira com naturalidade enquanto lhe falava de um projeto que tinha em História Medieval, um deles relacionado com a ignorância do clero denunciada pelas constituições sinodais.

Quando se dirigiam para a estação de metro, ela perguntou em que hotel ficaria.

– Não fiz reserva – respondeu o Ferreira. – Acabei por me esquecer. Espero conseguir um quarto no Ibis do Saldanha.

– E se não conseguires?

– Não faltam hotéis em Lisboa.

– Não vais passar a noite a procurar um hotel. Podes ficar em minha casa, se quiseres.

– Não te incomodes. Eu cá me arranjo. Se não conseguir, fico numa pensão da Avenida 5 de Outubro.

– O quê? Numa daquelas espeluncas sujas e manhosas? Nem penses nisso! Vens para minha casa. Está decidido.

– Enfim, entrego-me nas tuas mãos – proferiu com simulado desalento. Depois acrescentou: – Vou ter de ir ao carro que deixei no parque buscar o saco. Aliás, podemos ir nele para Chelas.

– É melhor não. Fica mais seguro no parque. Em Chelas é frequente roubarem ou vandalizarem as viaturas. Mas se precisas do saco, então vamos buscá-lo.

O parque ficava num dos pisos da Estação do Oriente. O Ferreira retirou o saco da bagageira onde guardava uma muda de roupa e o estojo de *toilette*. Antes de fechar, lembrou-se de oferecer um exemplar do seu último livro à colega: *Memórias de um Canalizador*.

– Não sabia que escrevias ficção – disse ela admirada.

– Nada de especial. São pequenos contos cómico-eróticos.

– O tema promete. Mas diz-me: Que percebes tu de canalizações?

– Quando era estudante, trabalhava durante as férias na empresa do meu pai, que era empreiteiro. Ajudava com frequência o canalizador a montar os tubos de água e esgoto das obras.

– Então sabes consertar sanitas e bancas de cozinha.

– Sim, sei. Se precisares...

– Por acaso até preciso. Tenho uns canos entupidos e uma torneira que verte. Mas não te vou pedir para os consertares.

– Se tivesses ferramentas adequadas, seria trabalho de alguns minutos.

– Não tenho. Vou ter mesmo de chamar um canalizador.

E riu-se.

– Talvez este teu livro me ajude a lidar com eles – acrescentou.

Apanharam o metro e saíram na estação de Chelas. A casa da Maria da Piedade era no terceiro andar de um prédio relativamente novo.

– Entra e está à vontade. Vou fazer-te a cama no quarto de hóspedes.

O Ferreira entrou para a sala de estar e poisou o saco no chão. Para seu espanto, não havia televisão. As paredes estavam cobertas de prateleiras com livros e CDs de música. Os livros, numa análise rápida, eram quase todos de História Medieval. Demorou-se um pouco mais a observar os CDs. Havia de música clássica, medieval e *heavy-metal*. Estes destoavam do conjunto e ele pensou que talvez tivessem pertencido ao ex-marido, que ali os deixara. Mas enganava-se. A colega gostava, em ocasiões muito especiais, de ouvir os Black Sabbath, os Iron Maiden, os Megadeth e os Metallica.

Velhos negativos

Chegou ao santuário por volta das quinze horas. A pesquisa durante a manhã na Biblioteca Nacional foi infrutífera. Porque não disponha nem de tempo nem de paciência para mais, viu meia dúzia de fotos de cada CD. Não encontrou nenhuma sobre Fátima. Ou não estavam, ou, para as encontrar, teria de as ver todas, uma a uma, o que seria impraticável. Lembrou-se de perguntar à funcionária pelos negativos. Esta informou-o de que não estavam disponíveis ao público. Como só os negativos lhe interessavam realmente, pois as fotografias já se encontravam na Internet, abandonou o local, não sem antes comer qualquer coisa na cantina, e meteu-se à estrada. Havia a possibilidade de os negativos estarem num qualquer arquivo do santuário.

Passara a noite praticamente em branco. Depois de uma conversa relaxante ao som dos madrigais de Palestrina, a Maria da Piedade convidou-o para o seu quarto. Embora a colega não o atraísse por aí além, era indelicado recusar. Foi ao rimo dos Metallica que o Ferreira teve de executar o duro e hábil ofício de canalizador, atividade que há alguns meses não exercia. E não se saiu mal, apesar da ferrugem das ferramentas e da qualidade duvidosa dos tubos. Terminado o trabalho, a Maria da Piedade abriu-se em confidências acerca do ex-marido e das aventuras esporádicas que tivera depois da separação com alguns colegas da universidade e que foram, todas elas, frustrantes. O corpo docente masculino não estava à altura de uma boa queca, fosse ao som do Palestrina, fosse ao som dos Metallica ou dos Iron Maiden. Os colegas pensavam demasiado na carreira, no currículo, no projeto de investigação, na licença sabática, na comunicação ao próximo congresso.

— Já não há cavaleiros como dantes — comentou o Ferreira com as mãos atrás da nuca.

— Não há, realmente. Mas não precisas de te preocupar com

o que eu disse. Não te incluo no grupo dos incompetentes.

– É muita bondade da tua parte.

– E tu por me fazeres companhia. Pensei que recusarias o meu convite.

– Um cavaleiro andante nunca recusa satisfazer os mais ínfimos desejos de damas e donzelas que a ele acorram.

– O mundo académico ainda não está perdido.

A Maria da Piedade voltou-se e beijou-o ternamente.

Pela manhã, dirigiram-se à estação de metro. Saíram na Cidade Universitária e despediram-se com dois beijos, agradecendo ele o acolhimento e ela a companhia.

– Logo que haja alguma tese na Universidade D. Dinis que se relacione com a tua áera, convido-te para o júri – disse o Ferreira.

– Certamente! Afinal estou em dívida.

Ela tomou novo metro que a levaria até ao Campo Pequeno e ele saiu em direção à Biblioteca Nacional, onde retomaria a pesquisa.

Enquanto se dirigia no BMW para norte, o Ferreira considerou que a colega não era mulher que facilmente atraísse um homem. O cabelo curto mal tratado e a roupa que usava um tanto masculina tornavam-na a olhos exigentes pouco apetecível. Tinha, no entanto, de admitir, que era uma mulher inteligente, culta, espirituosa e, o que mais o surpreendeu, uma verdadeira fera na cama. Talvez essa fera se acirrasse com o *heavy-metal*. Fazer amor a ouvir toda aquela parafernália de guitarras elétricas e baterias à mistura com os gritos animalescos dos vocalistas foi uma experiência *sui generis*. Chegou a pensar se a Maria da Piedade, enquanto ele executava arduamente a sua função de macho, não estaria possessa por algum dos demónios evocados nas canções.

Estacionou o carro perto da capela das aparições e deu uma volta pelo recinto do santuário. Não sabia bem onde ir e a quem se dirigir. Na capela, viu um padre a inspecionar o altar e perguntou-lhe onde era o arquivo, se é que havia algum. O clérigo, um tanto desconfiado, depois de o mirar de alto a baixo, indicou-lhe o edifício do outro lado, paralelo à capela. Tocasse à campainha. Se ninguém atendesse, pois nem sempre estava lá gente, escrevesse uma carta dirigida ao reitor do santuário. Seria mais fácil dar seguimento ao assunto que pretendia. Virou-lhe as costas e continuou a inspeção da toalha rendada e das velas.

O Ferreira atravessou o recinto e dirigiu-se ao edifício que o padre lhe indicara. Descobriu uma porta lateral. Tentou abri-la, mas estava trancada. Descobriu ao lado um intercomunicador e premiu o botão. Premiu novamente e, quando estava para se afastar, ouviu uma voz masculina a perguntar:

– Quem é?

– Sou o Professor Marco Túlio Ferreira da Universidade D. Dinis. Gostaria de falar com o responsável pelo arquivo fotográfico.

– Ele não está.

– E quando volta?

– Na próxima semana. De qualquer maneira, duvido que ele o atenda.

– E então o que devo fazer?

– Terá de escrever uma carta ao sr. reitor do santuário a expor-lhe o que pretende. Ele depois lá lhe responderá, se tiver de responder.

– E esse reitor, é possível falar com ele pessoalmente?

– Ser, é. Mas terá de se dirigir à secretaria do santuário e marcar audiência. Boa tarde e passe bem.

– Espere...

Mas o outro já tinha na certa poisado o auscultador.

Com padres, se é que estava a falar com um, era sempre difícil de lidar. Desconfiados, refugiavam-se na hierarquia para afastarem inoportunos. Afinal foram eles que inventaram a burocracia, na antiga Suméria, e a levaram ao último grau, a ponto de ser necessário papéis certificados para se entrar no Céu. O que mais o aborrecia é que estava ali bem perto da informação que procurava e nada podia fazer. Seria o segredo em Fátima realmente a alma do negócio?

Lembrou-se da irmã Rafaela. Talvez ela o pudesse ajudar ou pelo menos dar-lhe alguma indicação no meio daquele *blackout* eclesiástico. Atravessou de novo o recinto e procurou o Colégio Nossa Senhora do Rosário, onde ela dava aulas. O guarda disse-lhe que a irmã tinha saído depois da hora do almoço. Talvez a encontrasse na Congregação das Irmãs Reparadoras, onde vivia.

Agradeceu e, seguindo as instruções que o homem lhe dera, encontrou o edifício da tal congregação numa rua próxima. Tocou à campainha da portaria e uma voz feminina perguntou quem era. Ele, que no caminho pensara na melhor forma de lidar com a questão, disse que era um parente da irmã Rafaela e que precisava de lhe falar.

– E qual é o seu nome? – perguntou a voz feminina.

– Marco Túlio.

– Aguarde um momento.

Esperou cerca de dez minutos. A porta abriu-se por fim e foi convidado a entrar para um vestíbulo onde o esperava a irmã Rafaela, acompanhada de outra freira mais velha, provavelmente a que o tinha atendido.

– Este senhor é seu familiar? – perguntou a segunda.

– É sim – respondeu a outra impassível.

– Então deixo-os. Estarei aqui ao lado.

A freira afastou-se e a irmã Rafaela convidou o Ferreira a sentar-se num banco de madeira comprido que ali se encontrava.

– Não pensava voltar a vê-lo tão depressa, irmão – começou por dizer quase num sussurro. – E muito menos aqui, na congregação. Agora terei de fazer penitência pela pequena mentira.

– Não precisa. Se somos todos irmãos...

– Pois sim... O que o traz por cá?

– Procurei-a no colégio, mas disseram-me que já tinha saído.

– Tive aulas durante a manhã. Estava a corrigir fichas dos alunos.

– Desculpe se vim incomodá-la. Preciso da sua ajuda.

– Como pode isso ser? Eu pensava que o irmão seria a última pessoa a vir pedir-me ajuda. Vi-o tão confiante quando nos conhecemos...

– Eu não vim pedir-lhe apoio espiritual, irmã. É coisa mais comezinha e mundana.

– Mundana? – perguntou a freira um tanto alarmada.

– Preciso de falar com o responsável pelo arquivo fotográfico do santuário, mas não consigo entrar em contacto com ele. Disseram-me que tenho de escrever uma carta a explicar o que pretendo.

– E o que pretende?

– Gostaria de ver os negativos de umas fotografias tiradas em 1917, se é que existem. Pode ajudar-me?

– Não sei. Primeiro preciso de saber onde fica esse arquivo e quem é o responsável... Pode domorar a tarde toda e não sei se conseguirei alguma coisa. A Igreja anda a outro ritmo.

– Sim, o ritmo da eternidade. Mas eu, infelizmente, preciso de voltar hoje para o norte, pois amanhã tenho aulas cedo e, como compreenderá, o meu ritmo não pode, com o devido respeito que tenho pela eternidade, ser tão lento.

A freira ergueu-se do banco e disse:

– Espere um pouco. Talvez consiga um milagre.

Abriu a porta que dava para o interior da casa e fechou-a atrás de si. Aquela porta estava vedada a estranhos, sobretudo homens. O Ferreira olhou a rua por uma janela estreita com grades de ferro. Algumas pessoas de idade passavam a caminho do santuário, a deixarem nos cofres sacros uma boa parte da pensão. Nossa Senhora merecia. Poupava-se na farmácia e podia ser até que a esmola gorda lhes comprasse alívio para o problema da próstata, da pedra na vesícula, da artrose no joelho, do reumatismo, das cataratas e da prisão de ventre.

Por fim apareceu a irmã Rafaela com um grande sorriso, não tão grande porém, que com ele pusesse em causa a gravidade, a postura e a discrição conventuais.

– Falei com a madre superiora e ela autorizou-me a acompanhá-lo ao arquivo fotográfico. Telefonou a um padre seu conhecido e, quando lá chegarmos, estará alguém para nos atender.

– E conseguiu tudo isso em menos de dez minutos? É mesmo um milagre!...

– É o milagre da tecnologia. Aqui na congregação também temos telefone, irmão, embora só o usemos em situações muito especiais.

– Obrigado por ter aberto uma exceção.

– Há de agradecer à madre superiora. Foi ela que telefonou. Vamos?

– E não é inconveniente para si caminhar ao lado de um homem?

– Depende do homem e da intenção com que caminhe. Quem tem o coração puro, nada teme. E você? Será que poderei confiar na pureza do seu coração?

– Eu sou uma espécie de cavaleiro, irmã. E os cavaleiros têm sempre o coração puro.

– Nunca ninguém tem sempre o coração puro. Nem uma freira. De outro modo, não seríamos pobres pecadores, como todos somos.

– Uns mais que outros.

– Tem-se em muito boa conta.

– Não, irmã. De todos os pecadores, eu devo ser o que tem a carga mais pesada.

– Deixe então a carga nesse banco e siga-me.

Saíram do edifício e, poucos minutos depois, estavam diante da porta onde o Ferreira tinha falado pelo intercomunicador. A irmã Rafaela premiu o botão, identificou-se e a porta abriu-se para um corredor escuro. Entraram e a meio encontraram um funcionário que os guiou até ao arquivo fotográfico. Era, segundo percebeu, o ajudante do fotógrafo do santuário, que tinha saído. Telefonara-lhe momentos antes para lhe dizer que atendesse as pessoas que ali se dirigissem.

O Ferreira explicou-lhe que gostaria de ver os negativos ou os originais em papel das fotografias de 1917 que se encontram na página da Internet. O funcionário, como não sabia quais eram, dirigiu-se a um computador. O professor apontou-lhe as fotos que lhe interessavam e o outro mostrou-lhe algumas delas em papel guardadas numa pasta. Eram cópias recentes.

– Onde estão os originais? – perguntou o Ferreira.

O funcionário não sabia. Foi através daquelas que fez o *scan* das que estavam na Internet.

– E os negativos?

– Temos aí uma pasta com eles.

– Pode mostrar-mos?

– Estão noutra secção. Não sei se conseguirei encontrá-los. São milhares.

– E não estão catalogados?

– Têm uma cota. Mas o problema é que não há um ficheiro que nos diga o que representa cada cota. Mas venha comigo. E a irmã, já agora. Sempre pode dar uma ajuda.

O funcionário abriu a porta de um compartimento ao lado com um sistema de controlo de temperatura e humidade para evitar que se deteriorasse o que ali se guardava. Em grandes armá-rios metálicos complicados de abrir estavam guardados negativos, bobines de celuloide e pastas de documentos.

– Os negativos das fotografias que estão na Internet lembro-me de os ver numa destas pastas. Se fizerem o favor de pegar cada um numa e ir vendo, seria mais rápido.

Foi o funcionário a encontrá-los poucos minutos depois.

– Estão aqui.

Retirou um deles do resguardo de plástico e passou-o ao Ferreira, que o examinou.

– São realmente os negativos das fotos da Internet. Mas não podem ser os originais. Em 1917, os negativos em celuloide eram bastante raros. Benoliel usava negativos de vidro. Estes devem ser cópias feitas recentemente.

– Recentemente, não – contestou o funcionário. – Desde 2005 que utilizamos câmaras digitais. Fica mais barato, é mais fácil e mais cómodo.

– Quando disse *recentemente*, quis dizer há menos de cinquenta anos – replicou o Ferreira, dando mais uma olhada ao negativo que tinha na mão.

Devolveu-o e perguntou:

– Não se lembra de ver aqui negativos em vidro, pois não?

– Sim, temos muito disso.

Abriu outro armário atestado de pequenas caixas de cartão e madeira. Destapou uma delas e retirou um retângulo de vidro esfumado com uns dez centímetros de largura e passou-o ao Ferreira.

– Sim, é isto – respondeu o professor.

Pôs o retângulo de vidro fosco em frente à luz do teto para ver o conteúdo e acrescentou:

– Este deve ser dos anos quarenta ou cinquenta. Nota-se pelas roupas das pessoas.

Inspecionou mais dois que apresentavam enquadramentos do santuário com a Basílica ao fundo.

– Devem ser da mesma época – concluiu. – Teremos de ver caixa a caixa.

– Então deixo-vos. – Estejam à vontade. Podem aqui ficar até às dezoito horas. Recomendo apenas que, sempre que peguem numa caixa e confirmem o conteúdo, voltem a colocar tudo exatamente como estava e na mesma ordem. Se já assim é difícil encontrar aqui alguma coisa...

– Não se preocupe.

O funcionário saiu e o Ferreira voltou-se para a freira:

– Ajuda-me, irmã?

– Sim. Mas tem de me dizer o que devo procurar.

– Os negativos das fotografias de 1917.

– E como sei se são de 1917?

– Nalgumas aparecem os três pastorinhos. A irmã começa na ponta esquerda, de cima para baixo, e eu na direita.

Passaram cerca de uma hora a abrir caixas e a analisar os pedaços de vidro. A dada altura, como viram que era tarefa demorada e não terminariam à hora de fechar o arquivo, começaram a fazer uma pesquisa aleatória. Dos cerca de dez negativos em cada caixa, viam apenas dois. Nenhum era da época que interessava.

– Preciso de pensar – disse o Ferreira fazendo uma pausa. – Assim dificilmente os encontraremos.

Ainda não tinham visto dez por centro das caixas e em todas elas os negativos não eram anteriores aos anos trinta. A irmã Rafaela, enquanto ele pensava, agachou-se e procurou na prateleira do fundo, onde havia algumas caixas de menor dimensão. Abriu uma e retirou um negativo que pôs à luz.

– Este parece muito mais antigo do que os outros – comentou.

O Ferreira aproximou-se, observou-o e concordou.

Os negativos daquelas caixas eram mais pequenos e tinham o aspeto de serem mais antigos. As pessoas estavam vestidas de forma semelhante às que ele encontrara nas fotos da Biblioteca Nacional. Era bem provável que aqueles fossem os de Benoliel, oferecidos ao santuário pelo próprio, ou vendidos pela família depois da sua morte.

O Ferreira agachou-se também e, ao lado da irmã reparadora, foi abrindo as pequenas caixas e observando o conteúdo. Na sexta caixa, a irmã exclamou:

– Estão aqui os três pastorinhos!

O Ferreira confirmou. Pediu a caixa à irmã e foi vendo os negativos um a um. Estavam ali quase todos. A caixa ao lado continha os restantes.

– Encontrámos, irmã!

Pôs de parte aqueles que lhe interessavam: os respeitantes às fotos 1 e 2 que tinha visto na Internet. Depois observou-os com cuidado.

Entretanto, o funcionário deve ter ouvido a notícia da descoberta e voltou ao anexo.

– Conseguiram? – perguntou.

51

– Diga-me uma coisa – replicou o Ferreira –, o que lhe parece ter originado isto?

E apontou para as manchas existentes no negativo 2.

O rapaz percebia tanto de negativos como um alfaiate de ferraduras.

– Devem ser pingos de gordura. Alguém deixou cair molho sobre o vidro.

O professor não acreditava que fossem pingos de gordura. Pareciam queimaduras. A solução química tinha derretido nalguns pontos. Mas acerca disso preferiu calar-se.

No negativo 1 confirmou a presença de uma mancha no céu e que não correspondia ao Sol. A mancha, segundo lhe pareceu, não fora causada *a posteriori*. Pertencia ao negativo e fazia parte da paisagem fotografada.

Antes de devolver os vidros à caixa, perguntou ao funcionário se poderia fotografá-los. O rapaz encolheu os ombros. Não tinha ordens em contrário. O Ferreira então serviu-se do telemóvel e fotografou as placas de vidro de vários ângulos, com a ajuda da irmã Rafaela.

Por fim, repuseram tudo no lugar, despediram-se do funcionário agradecendo a colaboração e saíram.

– Está satisfeito com o que encontrou, irmão? – perguntou a freira enquanto atravessavam o recinto do santuário.

– Sim, muito. Consegui comprovar algumas suspeitas que tinha.

– Suspeitas de quê?

– Acerca do que se passou aqui em 1917.

– Ainda em busca da verdade? Pensei que já a tinha alcançado.

– A verdade é algo complexo. E basta uma pequena contrariedade para a pôr em causa.

– Conte-me.

– Não posso. Terá de ser a irmã a procurá-la. A propósito: Chegou a ler aquilo que lhe sugeri?

– Ainda não encontrei os livros. Não existem na biblioteca da congregação.

– Tente numa livraria.

– Sim, farei isso nos próximos dias.

A meio do recinto, a irmã Rafaela perguntou:

– Quer fazer-me companhia na capelinha? Ainda não fui lá hoje fazer as minhas orações.

– Sim, acompanho-a. Mas perdoar-me-á se eu não rezar consigo.

– Se a Senhora lhe perdoa, porque não lhe hei de perdoar eu?

Saldos

Passaram-se cinco meses desde que Marco Túlio Ferreira esteve em Lisboa. Terminaram as aulas e decorreram as férias. Agora, que estava divorciado, não tinha que se aborrecer quinze dias na praia. Retirou-se para uma casa de turismo rural e, entre leituras numa espreguiçadeira, banhos de piscina e passeios pedestres à sombra de choupos e parreirais, procurou distrair-se das labutas académicas. Comprometeu-se a ficar com o Huguinho uma semana e levá-lo a visitar os avós paternos. A meio da semana, o miúdo estava já farto. O pai não gostava de jogar a bola, não tinha uma consola de jogos no apartamento e queria obrigá-lo a ler e a aprender xadrez. Uma seca.

O Ferreira teve de devolvê-lo à mãe, que não ficou lá muito satisfeita, pois andava de namoro com um colega da escola e viu-se obrigada a interromper as visitas que o tipo lhe fazia. O Ferreira ficou irritado quando descobriu que a ex-mulher metia na casa que ele construiu, mobilou e pagou um homem estranho, que dormia na sua cama e se sentava à sua mesa. Nada disse, porém. Era ele o principal responsável por isso acontecer. Não fosse um imbecil. Quem lhe mandou contar à Ângela que tinha engravidado outra? Ainda por cima era falso alarme.

A Dona Arcília repetia-lhe a mesma ladainha: Que não há melhor mulher do que a primeira e palerma foi ele em deixá-la. Arranjasse outra, que «homem solteiro, ou dá em maluco ou paneleiro.» Já o sr. André lhe dizia para se ir amanhando, mas que não se deixasse prender. Quando alguma quisesse compromissos, mandasse-a dar uma volta. «Homem casado é homem enforcado.»

No apartamento, deitado na cama para onde nunca chegara a levar companhia, pensava na vida. Valeria a pena esforçar-se por encontrar nova companheira? Teria energia e paciência para recomeçar? Uma coisa eram umas aventuras sem grandes consequências e nenhum compromisso; outra procurar alguém que quisesse com ele partilhar a vida. Além disso, não estava seguro se a queria partilhar com mais alguém. De que lhe serviria ter uma mulher? Que vantagens isso lhe dava? Vivia confortavelmente, a empregada fazia a limpeza duas vezes por semana; comia o que lhe apetecia e cozinhava quando estivesse para aí virado. Aliás nunca encarou uma mulher como uma criada. Uma mulher era uma companheira e, enquanto esteve casado com a Ângela, nunca se esquivou aos afazeres domésticos, quer a tratar do filho, quer a tratar da casa.

Fazia-lhe falta alguém para desabafar preocupações, conversar, trocar carinhos, fazer amor. Mas seria isso assim tão necessário, tão imprescindível para o equilíbrio físico e emocional? Estava separado da Ângela ia para um ano e não se tinha até ao momento dado mal. Conversava com as amigas na Internet e pelo telefone. Estavam todas longe, é certo. A relação com a Maribel, depois da gravidez psicológica, terminara. Com Christine, a belga, trocava um ou outro *email*. Não chegou a ir ao congresso à Bélgica por causa das burocracias do divórcio. À Concha perdera-lhe o rasto, assim como à Paloma. A Dulce estava no Brasil e, embora trocasse semanalmente umas quantas mensagens, era como se vivesse na lua. A Natividade, sua colega de mestrado, decidiu concorrer e foi colocada numa escola do Porto, onde o marido entretanto se estabelecera como vice-diretor de uma empresa de propaganda médica.

Depois da separação, algumas colegas da universidade, solteiras ou divorciadas, começaram a apalpar terreno. Embora economicamente não fossem maus partidos, nem por isso o entusiasmavam. Eram em geral feias, gastas, demasiado arrogantes e com muito mau feitio. A falta de alguns dos encantos físicos ainda tolerava. Mas o resto não. Ia evitando os contactos mais próximos e impedindo avanços, apesar de nalguns momentos de grande carestia lhe apetecesse abrir uma exceção. Resistiu, contudo, dedicando-se mais ainda aos seus projetos, às orientações de mestrado e doutoramento e àquilo de que mais gostava: a escrita.

A Ingrid tinha-lhe enviado uma mensagem no início de

setembro a informar que chegaria no dia 18 para iniciar a investigação das plantas carnívoras no Departamento de Botânica. Conseguira não só uma bolsa como também um quarto na residência académica.

O Ferreira começou a pensar que a presença da austríaca lhe causaria alguns transtornos. Não tinha paciência para andar a fazer de ama-seca. Logo que ela chegasse, entregava-a às colegas do Departamento de Botânica e lavava as mãos.

No dia 18, a meio da tarde, ela telefonou-lhe a informar que se encontrava na estação de camionagem. O Ferreira podia tê-la ido buscar ao aeroporto Francisco Sá Carneiro. Mas não queria dar a ideia de que, no tempo que passasse em Portugal, estaria à sua inteira disposição.

Contudo, mal chegou à estação de camionagem e a viu, os seus propósitos foram por água abaixo. Um cavaleiro andante que não se pusesse de imediato ao serviço daquela Dulcineia, ou era tolo, ou um invertido. O Ferreira invertido não era e tolo só de vez em quando.

A Ingrid era assombrosamente bonita. Não muito alta, tinha o equilíbrio das linhas que faria babar qualquer homem. Ancas perfeitas, pescoço fino, o cabelo castanho claro até aos ombros, os olhos verdes, o nariz pequenino, os lábios rosados e os dentes certos e brancos que mostrava num sorriso encantador. Estivera com ela cerca de cinco minutos quando foi abordado à noite numa rua de Innsbruck e por esse motivo não lhe ficara uma imagem nítida. Lembrava-se vagamente de uma mocinha de vinte e poucos anos, muito alegre, talvez devido ao *vodka* que tinha bebido na despedida de solteira. Quando ela, alguns meses atrás, o contactara pelo *Facebook*, não a reconheceu na fotografia tirada na neve, ao lado daquele que era talvez o marido. À sua frente estava agora uma mulher que o assombrou.

Como ele não sabia alemão nem ela português, falaram em inglês. O autor, para comodidade da leitura, traduz, eliminando os mal-entendidos e as patadas à gramática anglo-saxónica.

Depois de se cumprimentarem com um beijo na face, o Ferreira levou-a ao BMW e tentou meter as duas grandes malas na bagageira. Uma delas não coube e teve de ir no banco de trás. Instalaram-se os dois à frente e seguiram para a residência académica. O quarto já estava reservado. O funcionário pediu a identificação à estrangeira, fez-lhe assinar um maço de papéis e deu-lhe a chave. O professor ajudou-a a carregar as malas até ao terceiro andar. Ela ficou agradada com o quarto, moderno, bastante espaçoso e com uma vista agradável sobre o jardim do *campus*.

O Ferreira deixou-a a arrumar as coisas e a descansar um pouco, prometendo apanhá-la ao fim da tarde para lhe mostrar a cidade e levá-la a jantar. A Ingrid não sabia com agradecer. Era o primeiro de toda a lista de homens que na despedida de solteira lhe facultara o número de telefone que na verdade fizera alguma coisa por si. Os outros, todos austríacos a viver em Innsbruck ou arredores, a quem ela aliás contactou como é da praxe, tinham sido até ao momento pouco amistosos. As coisas eram normalmente assim. Estava pois muito contente por, em vez de mais um austríaco, ter encontrado um português. Se estava ali, a ele o devia.

Tentou desvalorizar. Fora tudo fruto do acaso e, se não se tivessem conhecido, provavelmente a Ingrid estaria ali na mesma, a passar um semestre e a cumprir aquilo que tinha planeado sem a sua intervenção: estudar plantas carnívoras.

Ela respondeu que talvez assim fosse. Uma das plantas que lhe interessam encontrava-se de facto em Portugal e na região do Douro. Mas tropeçar com alguém em Innsbruck que vivia na região onde a planta era endémica e ainda por cima que pertencia à universidade com um Departamento de Botânica, não poderia ser fruto do acaso.

O Ferreira não via que mais poderia ser. Estaria ela a querer dizer que o encontro estava pré-determinado por Deus, pelos fados ou por qualquer outra entidade extraterrena? Ele não acreditava nisso.

Tirou o resto da tarde para dar uma volta pelo centro comercial onde os saldos de final de estação tinham começado. Comprou duas camisas por metade do preço, seis *boxers*, umas calças de ganga que deixou na loja para subir a bainha e uma casaca leve que serviria para o outono. Esta vontade súbita de comprar roupa era uma das primeiras consequências da chegada da austríaca. Não que estivesse nos seus propósitos impressioná-la. A respeito de roupa, tinha uma absoluta falta de vaidade. A ex-mulher dizia-lhe muitas vezes que era um desmazelado, que vestia uma camisa sem pensar se combinava bem com o casaco. Simplesmente não gostaria que a estrangeira ficasse a pensar que era um pelintra.

Enquanto se dirigia para o carro com as compras, considerou que, desde de que saíra de casa, nunca mais comprara nada. Ora, as coisas não duram para sempre. As cuecas que tinha, por exemplo, estavam uma lástima e por diversas vezes a senhora que tratava da faxina da casa lhe chamara a atenção para isso.

Viu as horas no telemóvel e concluiu que ainda era cedo. Decidiu levar as compras ao apartamento, tomar um duche e vestir uma das camisas novas.

Pouco antes das dezanove horas, dirigiu-se à residência académica. O funcionário deixou-o subir. Bateu à porta do quarto, mas ninguém atendeu. Desceu à portaria e perguntou ao funcionário se tinha visto sair a estrangeira. O homem explicou que ela mandara chamar um táxi há pouco mais de uma hora.

— E para onde foi?

— Isso não sei.

— Deixou recado?

— Não. E mesmo que deixasse, era o mesmo. Eu não a entendo...

Era problemático que os serviços tivessem colocado numa residência onde se hospedavam estrangeiros um funcionário que não soubesse pelo menos inglês. Na contratação, o que contava não eram as capacidades e as competências, mas o número de tios.

O professor decidiu esperar dentro do carro. A culpa fora dele por não ter marcado a hora exata. Enviou-lhe entretanto uma mensagem que dizia: «Where are you? I'm waiting in the residence.»

Ela respondeu quase logo: «I am in the shopping. Can you come for me?» Pelos vistos, quando saía ele do centro comercial, chegava ela no táxi.

Colocou o cinto e, antes de arrancar, enviou nova mensagem para marcar o local de encontro.

– É incrível! – exclamou ela ao aproximar-se. – As coisas aqui são muito baratas. E de muito boas marcas.

– É o período de saldos – explicou o Ferreira.

– Peço desculpa pelo desencontro. Começava a aborrecer-me na residência e achei melhor vir fazer umas compras. Depois acabei por demorar mais tempo do que pretendia. As minhas amigas vão ficar espantadas quando eu lhes disser que comprei estas peças de roupa a tão baixo preço. E o meu marido. Comprei-lhe duas camisas lindíssimas. Vou mandar-lhas pelo correio. Só espero que lhe sirvam. Ele tem engordado muito desde que casámos.

– Estás com fome?

– Comi qualquer coisa no avião para o Porto.

– Então estás a cair de fraqueza!

– Oh!, não. Até me faz bem isso. Já viste as minhas ancas?

– Estão ótimas – contestou o português observando-a. – Mas talvez seja melhor levarmos os sacos ao carro – acrescentou.

Desceram ao parque, o Ferreira abriu a bagageira e ela meteu os sacos. Eram mais de seis, de plástico e papel, com peças de roupa, perfumes, produtos de beleza, garrafinhas de água, pacotes de bolachas e outras miudezas.

Para iniciar a austríaca na cozinha nacional, levou-a a um restaurante onde serviam grelhados, feijoada, sardinhas assadas e outros mimos. Mas ela não era de grandes comilices. Pediu uma salada com peito de frango grelhado. Ele pediu caldo verde e quatro sardinhas com duas batatas cozidas regadas com molho de salsa. Para beber, pediu uma garrafa de vinho branco Douro.

Durante o jantar, a Ingrid contou alguns pormenores da sua vida. O marido, Jörg, trabalhava na Universidade de Innsbruck. Era o responsável pelo laboratório de Química.

– É professor? – perguntou o Ferreira.

– Não. É técnico. Faz a manutenção do laboratório, coordena a marcação das aulas, vigia a presença dos alunos e dos investigadores, prepara o material e coisas assim. Foi lá que o conheci, quando era aluna.

Simpatizaram um com o outro quase logo. Ela tinha deixado cair um tubo de ensaio com uma solução de zinco e fósforo. O Jörg aproximou-se com o apanhador do lixo, uma vassoira e uma esfregona e limpou o chão. O professor nem deu pelo incidente. Começaram a ver-se nos corredores da universidade e trocavam sorrisos e saudações: *Guten Tag, Guten Abend, Bis bald, Tschüss*. Ele um dia parou e convidou-a para sair, mas a Ingrid não aceitou, desculpando-se que tinha de estudar para um teste. Saiu nessa noite com umas amigas e encontrou-o na discoteca. Ele, sem se mostrar aborrecido com a pequena mentira, aproximou-se e convidou-a para dançar. Daí a três anos, estavam casados.

– E tu? – quis saber a Ingrid.

– Estou separado.

– Tens alguma companheira?

– Não.

– Ninguém? – insistiu ela.

– Ninguém.

– Viver sozinho e não ter com quem partilhar nada deve ser um pouco...

– As pessoas habituam-se. Se tivermos amigos, é menos doloroso. A casa é para dormir.

– E tu tens bons amigos?

– Não muitos. E estão longe. Mas a Internet e o telefone ajudam a manter o contacto.

– Não é a mesma coisa. Nós necessitamos do contacto humano, sentir a presença física dos outros.

– É a primeira vez que estás longe do teu marido? – perguntou o Ferreira num evidente ataque a essa opinião.

– Sim, é.

– E como vais fazer? Ele vem visitar-te? Vais tu à Áustria?

– Ainda não sei. O Jörg só terá alguns dias de férias em dezembro. Mas nessa altura eu já devo estar em Innsbruck.

– Para o Natal faltam mais de três meses.

– Serão três meses de afastamento.

– E como vais fazer?

– Aguentar.

– E o contacto humano, a presença física?

Ela olhou-o com um sorriso atrevido e respondeu:

– Tenho-te a ti.

O empregado aproximou-se nesse momento a levantar os pratos e perguntou se desejavam sobremesa. O Ferreira pediu duas natas do céu. O doce haveria de agradar à amiga.

Depois levou-a no carro a dar um passeio pelas principais artérias da cidade, indicando-lhe os edifícios de que ela poderia necessitar: os correios, o banco, o hospital, a farmácia, a agência de viagem. Passava da meia-noite quando a deixou na residência. Combinou apanhá-la no dia seguinte às nove para a levar de visita ao *campus* e apresentá-la às colegas do Departamento de Botânica.

De regresso a casa, perguntou-se o que ela quis dizer com o «tenho-te a ti». Seria uma expressão inócua que significava a amizade e a confiança que esperava dele? Ou haveria um sentido menos ingénuo? Estaria disposto a satisfazer-lhe as necessidades de contacto humano nos próximos três meses? Se ela assim o quisesse, porque não?

O castelo

Depois de ter entregue a austríaca às colegas do Departamento de Botânica, foi para o edifício onde trabalhava. Encontrou o Licínio no corredor e perguntou-lhe em que ponto se encontrava a edição da tese. Ele disse-lhe que estava a pensar não avançar, apesar de ter um subsídio já garantido da Gulbenkian.

– E porquê? Quem não publica, não avança – retorquiu o Ferreira.

– Sim, eu sei. É claro que vou publicar. Mas não em livro. Pelo menos para já. Estive a falar com outros colegas e aconselharam-me a ir publicando capítulo a capítulo em várias revistas. É uma maneira de mostrar serviço, enriquecer o currículo e não me matar muito com novas investigações.

– Você lá sabe.

O Ferreira seguiu caminho a pensar que o novato era um pateta. Sabia que quase todos os seus colegas faziam aquilo. Mas não lhe parecia nada ético. O doutoramento era o grau que dava liberdade e responsabilidade ao que o possuía para iniciar novas investigações. Para ele, pegar no trabalho já feito e avaliado e publicá-lo aos bochechos, como se de novidade se tratasse, era de gente preguiçosa e sem escrúpulos. Com investigadores assim, não era de admirar que as universidades portuguesas fossem, em investigação e inovação, as piores da Europa.

Antes de entrar no gabinete, lembrou-se de ir espreitar ao cacifo. Havia pautas, alguns convites para eventos já passados, o horário do primeiro semestre e uma carta. No remetente estava o símbolo de um coração com espinhos suportado por um endereço de Fátima e encimado, numa letra redondinha manuscrita, por um nome: Irmã Rafaela Marques. Meteu tudo debaixo do braço e foi para o gabinete. Poisou a papelada burocrática de um lado da secretária e centrou a sua atenção no envelope da carta. Era comprido e de papel reciclado. Como não dispunha de uma faca de papel, serviu-se das chaves da porta para o rasgar. Retirou a folha manuscrita e leu: «Caro irmão Marco, espero que esta carta o vá encontrar na paz de Cristo.»

– Na paz de Cristo? – pronunciou ele. – É coisa que não se deseja a ninguém. – Depois continuou: «Passaram-se alguns meses desde o nosso último encontro aqui em Fátima e, porque o silêncio entre nós começou a pesar-me, tomo a liberdade de lhe escrever, não só para saber como está, mas também para lhe dar conta das minhas leituras. Procurei os livros que me recomendou e, depois de os encontrar à venda numa livraria do santuário, pedi autorização à madre superiora para os comprar, argumentando que eram importantes para a nossa biblioteca. A compra foi autorizada e os grossos volumes tornaram-se a minha principal leitura durante o verão. Li duas vezes o volume relativo a 1917 e que contém a transcrição dos inquéritos paroquiais e os inquéritos oficiais ordenados pelo sr. bispo de Leiria. Na primeira leitura, nada vi que de algum modo pudesse pôr em causa o significado que Fátima tem para mim e que está de acordo com o que é aceite pela Igreja. Mas na segunda leitura apercebi-me de alguns pormenores aqui e além que me causaram alguma perplexidade. No início, as crianças não sabiam quem lhes tinha aparecido. Diziam que era uma menina muito bonita e brilhante. A descrição que fazem dela é estranha e tem muito pouco a ver com a imagem de Nossa Senhora que atualmente se encontra na capelinha das aparições. Há uns quantos pormenores descritos que me parecem absurdos: a Senhora não mexe os lábios quando fala com os pastorinhos; leva na mão uma bola com picos com a qual lhes mostra coisas; veste uma saia curta; as pessoas que estão à volta da azinheira nada veem ou ouvem enquanto o diálogo se desenrola; a porta do céu ao fechar-se quase prende os pés da Senhora; o Sol põe-se a dançar e seca a roupa das pessoas. Mas o que achei mais estranho é o facto de em todos os diálogos entre a Lúcia e a Senhora não haver referências religiosas: não se fala em Cristo, em Deus, nos santos, nos dogmas da fé, na

Igreja. Fala-se em rezar o terço e pouco mais. Terá isso a ver com o facto de as crianças serem muito pequenas e analfabetas, incapazes de relatar convenientemente o que ouviram? Ou as coisas foram mesmo assim? Não creio que tudo tenha sido inventado pelas crianças. Fiquei no entanto a pensar se o que é geralmente aceite pelos crentes não será uma interpretação distorcida do que na época aconteceu realmente na Cova da Iria. Como religiosa e como pessoa de fé, inclino-me para a interpretação religiosa do fenómeno, com algumas dúvidas de pormenor que esta leitura me causou. Se um dia passar por Fátima, venha visitar-me. Gostaria muito de conversar consigo acerca deste e doutros assuntos. A sua irmã em Cristo, Rafaela Marques.»

Depois de ler a carta, o Ferreira achou por bem responder-lhe. Se a freira lhe tivesse dado um endereço de *email*, servir-se-ia dessa via. Já ninguém escreve cartas em papel enviadas pelo correio. Mas na congregação não devia ser permitido o acesso à Internet. Lembrava-se há dias de ter lido a notícia de uma freira espanhola que foi expulsa do convento porque utilizada o *Facebook*.

Escreveu a carta no computador e imprimiu-a. Releu-a e, pensando que não seria delicado enviá-la assim, decidiu copiá-la à mão. Considerou o procedimento ridículo. No final, porém, quando olhou para o papel com os seus gatafunhos, achou que tinha valido a pena.

Temendo que a carta pudesse ser lida antes de chegar às mãos da destinatária, não entrou em grandes reflexões acerca de Fátima e evitou as opiniões polémicas. Dizia:

«Cara Irmã Rafaela, foi com surpresa e agrado que recebi notícias suas. Por aqui está tudo bem. Não me posso queixar nem de Deus nem da vida. Quando muito, de mim próprio, que nem sempre sei escolher o melhor caminho para a jornada. Fico satisfeito em saber que leu os livros que lhe sugeri. O que descobriu é matéria para uma longa conversa, impossível de manter por esta via. Quando eu for novamente para esses lados, prometo fazer-lhe uma visita e, se tiver disponibilidade, poderemos desenvolver o tema. Entretanto, para o manter em aberto, gostaria de dizer-lhe que há vários livros que procuram avançar explicações alternativas para o sucedido em Fátima, mas não lhos aconselho. Foram escritos por pessoas mal informadas e mal-intencionadas, conotadas com esta ou aquela fação política. Ora Fátima, ao contrário do que os autores desses livros pretendem defender, nada tem a ver com política. A Senhora que ali terá aparecido não era de esquerda nem de direita, nem monárquica, nem republicana. A verdade está algures aguardando que a irmã Rafaela a encontre. A Stella Matutina vela os nossos sonhos. Marco T. Ferreira.»

Enquanto introduzia o papel manuscrito num envelope com o timbre da universidade, perguntou-se se ela iria entender a alusão à Stella Matutina. Provavelmente não. Ou talvez a confundisse com um dos apodos da Virgem Maria, também conhecida por Estrela da Manhã.

Pegou na pasta e saiu para dar uma aula. Ao passar na secretaria, pediu à funcionária para juntar a carta à correspondência que a meio da tarde seria levada à estação de correios.

Depois das aulas, foi almoçar ao restaurante da universidade. Viu a Ingrid sentada a uma mesa com duas colegas do Departamento de Botânica e pediu licença para lhes fazer companhia.

Perguntou à austríaca como tinha sido a manhã. Ela contou-lhe que fez uma visita aos laboratórios e à estufa de plantas e que assistira a uma aula de Patologia Vegetal dada pela professora Isa Pereira. Infelizmente era em português e pouco ou nada compreendeu do que ouviu. O Ferreira voltou-se para uma das colegas e perguntou em português:

– E que tal a doutoranda?

– Muito simpática – disse a professora Isa. – Para nos entendermos com ela é que é o cabo dos trabalhos.

– Podem falar inglês.

– O meu inglês é fraco – respondeu.

– E então o meu... – acrescentou a professora Marina Cardoso ao lado.

– Ela vai ter de aprender português.

– Estará apenas aqui um semestre e não terá tempo para isso – contrapôs o Ferreira.

– Então não sei como vai ser – admitiu a professora Marina Cardoso.

– Terá de se ir adaptando – replicou a outra. – Além disso, não precisa de assistir às aulas. Como ela tem o projeto das plantas carnívoras, pode fazer a investigação como mais lhe convier e usar os laboratórios. No final, apresenta por escrito um relatório, nós damos um parecer positivo e está o assunto arrumado.

– Mas nesse caso ela ficará por conta própria – disse o Ferreira com alguma preocupação.

– Não! Terá todo o nosso apoio técnico e científico. Mas num doutoramento exige-se autonomia. Por outro lado, nós não percebemos nada de plantas carnívoras.

– Assim sendo... Enfim, façam o que puderem.

O Ferreira pediu desculpa à Ingrid pela conversa em português e perguntou-lhe o que achava da universidade. Ela estava muito bem impressionada. As instalações eram mais modernas do que as de Innsbruck.

Ao saíram do restaurante, as duas professoras pretextaram afazeres e despediram-se.

– Já tens a tua vida organizada? – perguntou o Ferreira à austríaca.

– Não em definitivo. Amanhã vou ambientar-me aos laboratórios. Preciso de testar o equipamento para saber com o que posso contar. Daqui a um dia ou dois, gostaria de iniciar o trabalho de campo. Para isso terei de me deslocar a alguns locais a procurar exemplares do *Drosophyllum Lusitanicum*, a planta carnívora de que te falei. Mas estou com um problema: no Departamento de Botânica ninguém tem disponibilidade ou vontade para me acompanhar. Eu não conheço a região nem tenho viatura. *Well*, estou a pensar alugar uma. Mas continuo sem saber exatamente como chegar aos locais onde pretendo iniciar as buscas.

– Talvez um dispositivo GPS ajude. As empresas que alugam automóveis podem ceder-te um.

– As plantas não estão num local específico marcado no mapa. De acordo com as informações de que disponho, podem ser encontradas nas margens do rio Douro até quarenta quilómetros para oeste a partir da Régua. Mas isso é uma suposição, pois os estudos que existem têm mais de setenta anos e é provável que o *habitat* onde a espécie se encontra se tenha deteriorado devido à poluição, às alterações climáticas e à pressão urbanística.

– Eu poderei acompanhar-te, se quiseres.

– Mas tu tens aulas...

– Nem todos os dias. E se faltar uma vez ou outra, não haverá problema. Muitos dos alunos ainda não vieram. Hoje apareceram meia dúzia. Estão a prolongar as férias.

– Fico-te grata pela colaboração.

– Que fazes esta tarde?

– Ia à biblioteca procurar obras que me possam ajudar.

– Será difícil encontrar alguma coisa que ainda não conheças.

– Mesmo assim, vou tentar. Tenho de ocupar o tempo.

– Há outras formas mais interessantes e mais úteis de o ocupar.

– Sim?

– Vem daí. Vou levar-te a ver um castelo. Talvez descubramos por lá alguma dessas plantas carnívoras.

– Um castelo? Com uma princesa na torre?

– Quem sabe encontraremos lá uma?

Dirigiram-se ao BMW e o Ferreira arrancou em direção a Terras de Aguiar. Cortou à direita na estrada nacional e subiu em direção a uma aldeia onde se erguia um castelo em ruínas. Estacionou o carro junto a uma pia de dar de beber ao gado e convidou a austríaca a subir com ele a pé o resto do caminho. Passaram por debaixo de uma ramada de uvas morangueiras e a Ingrid exclamou:

– Que aroma agradável!

O Ferreira olhou à volta a ver se via alguém e, com um pulo, tirou um cacho que ofereceu à estrangeira. Ela provou e disse:

– São ótimas! Nunca tinha provado esta subespécie.

Foi a comer as uvas até ao início das muralhas em granito.

– Aqui não há plantas carnívoras – admitiu ela. – É uma zona de carvalhos.

– Mas temos uma boa vista – replicou o Ferreira apontando à volta. – Enfim, não são os Alpes.

– Quando os Alpes ainda estavam no fundo do mar, muito provavelmente o que aqui vemos já era assim.

– Talvez com um pouco mais de vegetação. A agricultura e os incêndios têm destruído a floresta. Subimos à torre?

– *Of course!*

Avançaram por uma escadaria tosca talhada na rocha.

Parte da torre fora desmantelada e as pedras serviram para construir as habitações da aldeia, mais abaixo. Era um atentado ao património, mas uma boa forma de reciclar materiais que a dada altura se tornaram inúteis. O mesmo fizeram os papas para construírem, ou mandarem construir, os palacetes do Vaticano: boa parte do mármore saiu dos monumentos que os imperadores romanos tanto se preocuparam em erigir para perpetuar o seu nome.

– *Es ist schön!* – exclamou a Ingrid em alemão encostada a uma das ameias: É bonito. Depois continuou em inglês: – Parece tudo tão antigo, tão agreste e autêntico... Os castelos da Áustria e da Alemanha estão todos muito bem conservados. São maravilhosos, como o castelo da Disney, mas não causam em quem os vê qualquer emoção. Neste, eu toco as pedras e apercebo-me de que aqui houve vida e morte; cercos, batalhas, cavaleiros...

– E talvez princesas – acrescentou o Ferreira.

– Não. Este não era lugar para princesas.

Ficaram ali a observar os montes e as aldeias à volta durante um bom pedaço. Muito resumidamente, o Ferreira relatou à estrangeira a origem de Portugal, desde os povos pré-românicos que habitaram o território até aos primeiros reis.

– Por que razão a história de um povo ou de um país tem de ser feita com sangue? – perguntou ela. – Terá isso a ver com o instinto que existe em quase todos os animais, desde os insetos até aos mamíferos, de defenderem o território onde se alimentam?

– É bem provável que exista um gene que explica isso.

– Há biólogos que defendem que as plantas têm também esse comportamento.

– E como conseguem defender o território, se não podem movimentar-se?

– De muitas formas. Uma delas quimicamente. Os eucaliptos e os cedros, por exemplo, segregam toxinas pelas raízes que destroem as plantas doutras espécies que germinem à sua volta. Se o gene do território existe, talvez ele se encontre em todos os seres vivos. Aí está um assunto a estudar.

– Se assim é, talvez isso prove que na realidade somos árvores desenraizadas.

A Ingrid riu-se. Aquele professor português era um homem interessante. Não faltavam homens aborrecidos. A começar pelo próprio marido, que era um excelente rapaz, mas não conseguia manter uma conversa inteligente por mais de cinco minutos. As amigas diziam-lhe que os homens interessantes eram do tipo intelectual e com tendências homossexuais. Teria o Ferreira essas tendências? Não parecia.

– Todos começamos por ser árvores – acabou ela por dizer. – Nascemos num vaso, crescemos em casa dos nossos pais e depois desenraizamo-nos e partimos para o mundo. Passamos a nossa vida a marcar territórios, como os cães e os leões. Esta paisagem, este castelo, foram por nós tomados e serão um dos territórios que conquistámos e que guardaremos no tesouro dos bons momentos.

– Como foi a tua infância? – perguntou o Ferreira.

– Nasci em Innsbruck. A minha mãe é professora numa escola e o meu pai é funcionário municipal. Sempre vivemos ali.

Tirando os dias em que subíamos à montanha para fazer *ski* ou os passeios a Viena e Salzburg, não há muito mais para contar.

— Sendo a Áustria um país de músicos, aprendeste a tocar algum instrumento?

— Sim, os meus pais puseram-me a aprender clarinete. Mas eu não gostava muito do instrumento e mudei para trompete.

— É um bocadinho mais barulhenta.

— Um clarinete também pode ser muito barulhento, Pedro.

— Pedro?

— Posso chamar-te assim? Tens mais aspeto de Pedro do que de Marco. Marco faz lembrar a velha moeda alemã.

— Sim? Que curioso! Eu estava também para te dizer que Ingrid me fazia lembrar a palavra portuguesa *íngrime*, que significa *steep* em inglês.

— *Steep*? Não sou nada *steep*. E então que me chamarias?

— Heidi.

Ambos riram.

Trabalho de campo

Dois dias depois da visita ao castelo, o Ferreira acompanhou a amiga austríaca até ao Douro. Quando a viu de calções justos até aos joelhos, botas de montanha, mochila às costas, o cabelo atado num pequeno rabicho e óculos escuros, disse-lhe que se parecia à Lara Croft. Só faltavam as pistolas à cinta.

A caminho da Régua pela estrada nacional, viram os vindimadores nos socalcos. Estacionaram na berma para a Ingrid poder tirar algumas fotografias. Retomaram a marcha e, depois de curvas e contracurvas em descidas perigosas, aproximaram-se do rio. Passaram a Régua em direção a Mesão Frio e, alguns quilómetros depois, a investigadora pediu para parar. Era uma zona agreste a cem metros do rio, onde havia boas probabilidades de existirem exemplares do *Drosophyllum Lusitanicum*, vulgo pinheiro-baboso. Saíram do carro e foram para o meio do mato.

A alguns passos da estrada, o Ferreira, que ia à frente, apercebeu-se de um restolhar e parou. À sua frente passava uma cobra enorme.

– O que é? – perguntou a Ingrid um pouco atrás.

– Uma cobra. Não te movas!

– Uma cobra?! – exclamou apreensiva. – E que fazemos?

– É melhor retrocedermos.

Recuaram até se aproximarem da estrada.

– Era grande?

– Tinha mais de um metro.

– E será perigosa?

– Pareceu-me uma víbora.

– Sim, é perigosa.

– O melhor é entrarmos mais à frente para não incomodarmos o bicho.

– Mas continua a ser perigoso. Pode haver outra.

– Então não temos nada mais a fazer senão ir embora.

– Isso não! Preciso de encontrar as plantas. Talvez haja um caminho.

O Ferreira encolheu os ombros e achou por bem avançar pela estrada abaixo. Ela seguiu-o. A uns cinquenta metros, descobriram um carreiro. Meteram por aí. Sentiam os pedaços de xisto pontiagudo sob os pés. A Ingrid olhava à volta, mais com receio de alguma cobra do que a tentar descobrir as plantas carnívoras. Andaram toda a manhã às voltas e não encontraram um único exemplar.

– Ou não existem aqui, ou estão bem camufladas – considerou a austríaca, com a testa perlada de suor.

– No meio da vegetação é difícil encontrá-las.

– Não é. Se cheirar a mel, estão perto.

– A mel?

– O *Drosophyllum Lusitanicum* liberta um odor semelhante ao mel. É isso que atrai os insetos. Ao poisarem na planta para se alimentarem, ficam presos a uns pelos avermelhados, recobertos por uma mucelagem pegajosa.

– Mucelagem? Não conheço o termo.

– É uma matéria viscosa, parecida com a cola dos adesivos.

– Curioso. Essa armadilha faz lembrar o antigo papel mata--moscas. Lembro-me de o ver em casa dos meus avós. Era de cor vermelha e deitava um cheiro enjoativo. Colocava-se no chão e as moscas ficavam lá agarradas.

– O sistema do *Drosophyllum* é o mesmo. Os insetos ficam presos na mucelagem e são digeridos por enzimas proteolíticas e absorvidos em poucas horas.

– Enzimas proteolíticas?

– São enzimas que quebram ligações peptídicas entre os aminoácidos das proteínas.

– Ligações peptídicas?

– Bem, bem. Estou a ver que precisas de um curso de Biologia.

– Temos muito tempo... E eu tenho amor ao conhecimento.

– O melhor será eu emprestar-te um livro com todos estes conceitos. Se eu continuar a explicar-te o que é isto e aquilo, nunca mais sairemos daqui.

– Porquê? É assim tão complicado?

– Se te explico o que são ligações peptídicas, terei de te explicar em seguida o que é o carboxilo, a reação de síntese por desidratação e por aí fora.

– Já vejo que é complicado.

– Só é complicado para quem não tem conhecimentos de Biologia.

– Deixemos então as enzimas proteolíticas e as ligações peptídicas em paz. Falavas do cheiro a mel...

– Se sentirmos o cheiro a mel, é certo haver algum exemplar do *Drosophyllum* por perto.

– Mas não há – informou o Ferreira aspirando ruidosamente pelas narinas.

Sentia os pés doridos de andar sobre os calhaus de xisto e apetecia-lhe descansar um pouco.

– Vamos tentar uns metros mais abaixo – sugeriu a amiga.

Ele lembrou que passava da hora do almoço e era melhor comer antes de retomarem a busca. A austríaca concordou e voltaram ao carro. O Ferreira arrancou e foi estacionar perto do rio, à sombra esparsa de uns vidoeiros. A Ingrid tinha levado umas sandes atafulhadas de folhas de alface, algumas maçãs e duas garrafas de água.

Quando o Ferreira bebeu um gole pelo gargalo, fez uma careta.

– Para a próxima, tenho de me lembrar de trazer a arca térmica – disse. – E algumas latas de cerveja.

– De cerveja? Quando se trabalha, não se bebe álcool – replicou a amiga a mordiscar a alface nas bordas da sande.

– Eu não estou em trabalho. Estou em passeio.

– E serias capaz de beber sozinho?

– Os portugueses não gostam de beber sozinhos. Mas nesta situação, não gostaria de te distrair do trabalho de campo.

– O álcool põe-me bastante K.O. E então, se estiver calor...

– Pois essas plantas carnívoras que vieste investigar – declarou o Ferreira depois de dar uma dentada na sande – são muito estranhas.

– Todas as plantas têm as suas particularidades.

– Mas estas são desconcertantes. Pelo menos para mim. Sempre pensei que as plantas carnívoras tivessem uma boca vegetal, ou coisa assim, onde prendem os insetos. Aliás uma vez numa florista vi uma dessas. Uma pessoa punha o dedo nas folhas a fazer de boca e elas fechavam automaticamente.

– Devia ser uma *Dionaea Muscipula*. A armadilha de captura dos insetos é formada por dois lóbulos unidos pela base e presos na ponta de cada uma das folhas. Aquilo que chamas boca. Essa planta é também conhecida por Vénus papa-moscas.

– Vénus papa-moscas? Um nome curioso.

– O pinheiro-baboso, do ponto de vista botânico, é muito mais interessante. Pelo menos para mim.

Comeram as sandes e as maçãs, beberam a água morna e, depois de arrumarem os sobejos no carro, a Ingrid disse:

– Preciso de ir ao WC.

O Ferreira lembrou-se de que também precisava. Mas para ele não havia qualquer problema. Poderia aliviar-se contra o tronco de uma árvore. Já para uma mulher era mais complicado.

– Podes ir atrás daqueles arbustos – sugeriu apontando para um matagal fora da estrada que daria alguma privacidade.

– E se aparece uma cobra? Não podes ficar por perto, a vigiar? Ficaria mais tranquila.

– Se quiseres...

– Obrigado. Mas não vale olhar!

– Se não olho, não verei se há cobras por perto – retorquiu ele com ar safado.

– Ficas com os ouvidos atentos.

– E se uma cobra aparecer, que faço?

– Avisas-me.

– E foges com os calções na mão?

– Se tiver que ser... Espero não ter de passar por isso. A verdade é que nunca imaginei que em Portugal pudesse haver cobras grandes e perigosas. Em África sim... Mas aqui?

– Se até temos plantas carnívoras...

– Vamos, que estou apertada.

Meteram-se pelo meio da vegetação e a Ingrid agachou-se entre os arbustos enquanto o Ferreira olhava pudicamente para o rio. Estava calor e àquela hora os répteis procuravam os lugares frescos. Ela, depois de se aliviar, saiu apressada dali apertando os calções enquanto caminhava. O Ferreira ficou sozinho e aliviou-se, de pé, contra um vidoeiro.

Voltaram ao carro e a Ingrid consultou os mapas que levava. Uma vez que ali não encontravam a planta, sugeriu que fossem cinco quilómetros para jusante.

Desta vez tiveram sorte. Quase junto ao rio, começou a cheirar-lhes a mel e encontraram um viveiro selvagem de pinheiros-babosos. A Ingrid contou todos os pés (eram doze), com uma altura que ia dos trinta e um aos noventa e três centímetros. Fotografou-os em vários ângulos e recolheu dois exemplares com raiz que guardou em sacos plásticos. Feito este trabalho, pegou no bloco de notas e sentou-se no chão, próximo das plantas, a tirar apontamentos sobre o *habitat*: localização geográfica, tipo de solo, temperatura ambiente, humidade, espécies botânicas circundantes e insetos que rondavam as plantas. Presas à mucelagem, identificou moscas, melgas, vespas, pequenos escaravelhos, aranhas, formigas e uma ou outra borboleta. Aquelas plantas tratavam-se bem.

– Parecem polvos a fazer o pino – comentou o Ferreira.

A Ingrid impôs silêncio científico para não espantar os insetos. Queria vê-los a prenderem-se na mucelagem e a estertorarem-se na tentativa de se libertarem. Uma borboleta caiu na armadilha e a aflição do inseto incomodou tanto o Ferreira que, com a ponta dos dedos, a libertou, o que levou a um veemente protesto da investigadora. Eles eram cientistas. Estavam ali para observar, não para intervir.

O Ferreira começou a aborrecer-se de olhar para os pinheiros--babosos e disse a meia voz:

— Vou até ao rio.

— E se aparecer uma cobra?

— Não aparece. A esta hora estão a digerir alguma presa num qualquer buraco. E se aparecer, grita.

— Não vás para longe.

O professor afastou-se a pensar que não era normal uma bióloga ter medo de estar num ambiente natural. Atravessou a linha férrea que passava a meia dúzia de metros da margem do Douro e aproximou-se da água. Molhou as mãos e refrescou o rosto. Soube--lhe bem. Passava das quinze horas e estava um calor abafado.

Despiu a camisa suada e molhou os ombros e os braços. «Isto convida a um banho», pensou. Descalçou-se, meteu as meias dentro dos sapatos e tirou as calças, ficando em *boxers*. O rio ali devia ser fundo e optou por dar um pequeno mergulho. Deixou-se ir ao fundo, a procurar pé, mas não o encontrou. Voltou à superfície e deu algumas braçadas. Quando se afastou cerca de trinta metros, voltou atrás e optou por nadar ao longo da margem.

— Marco! – chamou a amiga.

— Ingrid, algum problema?

— Não será perigoso tomares banho aqui?

— É tão perigoso como numa piscina. Não queres dar um mergulho? A água é um pouco fria, mas vem mesmo a calhar.

— Não tenho fato de banho.

— Eu também não.

— Estás nu?

— Quase. Vem daí. Podes ficar com a roupa interior. Ninguém te vê.

— Vês-me tu.

— Eu viro a cara, se quiseres.

— Então vira. Vou-me despir.

A Ingrid tirou a *T-shit*, os calções, as meias e as botas, ficando em calcinhas e sutiã. No momento em que se preparava para dar o mergulho, reconsiderou. Não lhe convinha molhar o sutiã. Desapertou-o atrás das costas, atirou com ele para o monte de roupa poisado num arbusto e lançou-se à água. Nadou em direção ao amigo, que finalmente pôde olhá-la.

— Está ótima – disse ela. – É espantoso como este rio é límpido. O Inn tem a água sempre turva e fria. É impossível tomar banho nele.

— Nem sempre a água está assim. Por vezes também fica turva.

— Mas hoje está límpida. Por isso, não olhes.

— Não vejo nada demais.

— Vês, sim.

De facto, entreviam-se as tetas muito brancas da Ingrid a boiar.

— Pronto, eu não olho para ti.

E voltou-se, nadando para jusante. Ela seguiu-o.

— Estava suada e cheia de calor – comentou. – Precisava mesmo de um banho.

— E as plantas?

— Deste viveiro, já recolhi os dados necessários. Precisamos de procurar outro.

— Porquê? Não é suficiente?

— Claro que não. O trabalho só é válido se eu recolher plantas de vários locais, comparar os *habitats*, o solo e as espécies de insetos que ficam presos na mucelagem.

— Quantos mais?

— Para o meu estudo, cinco locais diferentes em distâncias de dois quilómetros.

— Então estamos atrasados. É melhor voltarmos ao trabalho.

E começou a nadar para a margem.

— Não tenhas pressa. É impossível encontrar todos esses locais hoje. Além disso, preciso de voltar a este viveiro daqui a uma semana para observar o desenvolvimento das plantas. Desculpa se não te informei convenientemente. Não quis abusar. Mas a partir de hoje, já saberei vir cá ter sozinha.

    – Não tens carro...

    – Estou a pensar alugar um sempre que precisar.

    – E as cobras?

    – Tentarei sobreviver.

    Ambos ficaram sem fôlego com a conversa dentro de água. O esforço era redobrado ao tentarem manter-se à superfície. Nadaram mais alguns minutos, em silêncio. Na outra margem, viam-se os vindimadores atarefados. Estavam no entanto demasiado longe para repararem nos dois banhistas. A Ingrid sentiu-se cansada e disse que talvez fosse melhor sair. O acesso à margem era problemático e o Ferreira teve de ajudá-la a subir, dando-lhe um pequeno empurrão às nádegas mimosas. Quando a rapariga estava já em terreno firme, ele pediu que lhe desse uma mão. A Ingrid, que estava de costas, hesitou. Se se voltasse para lhe dar a mão, mostrava os seios. Por outro lado, não queria ser indelicada. Difícil dilema que acabou por resolver atirando com os preconceitos à água. Voltou-se e, com a maior naturalidade, deu a mão ao amigo, que subiu sem dificuldade e ignorou o que viu de relance.

    – Temos de nos secar – disse ela.

    Havia uma pedra que tinha rolado até à margem. O Ferreira deitou-se aí fazendo das calças uma almofada. A austríaca fez o mesmo com os calções, deitando-se a seu lado, os bicos dos seios voltados para cima, como dois marcos geodésicos. Estiveram alguns minutos de olhos semicerrados, a sentir o Sol, sem dizer nada.

    Entretanto o português voltou-se e pôde apreciar a beleza da estrangeira.

    – Estás a olhar para mim? – perguntou ela.

    – Desculpa. É difícil fechar os olhos perante uma mulher tão bonita.

    – Tem cuidado! Eu sou uma mulher casada.

— Não estou a tentar seduzir-te, mulher casada. Apenas olho.

— Nesse caso, talvez eu possa olhar também...

— Não me importo nada. Embora não haja muito que ver.

— Há sim. Um botânico, quando observa uma planta, não é apenas para a flor que olha. É para tudo.

— A minha flor, com o banho, está murchíssima. Só a verias com lupa. Ou ao microscópio.

— Vou colocar isso na minha agenda. Guarda bem a tua flor, que não me interessa por enquanto. O bom botânico começa a observação pelo caule, as folhas e as raízes. E é por aí que avalia o vigor da planta.

— Esse método não é exclusivo dos botânicos.

E deitou mais uma olhada ao corpo branco e perfeito da austríaca, com os marcozinhos geodésicos a acirrarem-lhe a vontade de lhes tocar com a ponta do indicador.

— Sabes, Pedro, na noite de despedida de solteira, as minhas amigas fotografaram os homens que me deram o número de telefone. Em três das fotografias, apareces tu.

— Sim? Não me recordo de me tirarem essas fotografias.

— Devias estar distraído a falar comigo. Só agora me lembrei delas. Hei de enviar-tas por *email*. Tenho-as no meu portátil. Uma amiga deu-mas depois do casamento. Queres saber que não me recordo de nenhum dos outros homens, exceto de ti?

— Sim? Que curioso. Porque será?

— Eu estava bastante alegre. Fui jantar com as minhas amigas e bebi bastante. Depois, sempre que encontrava um homem e ele me dava o número de telefone, tinha de beber uma garrafinha de *vodka*. Quando voltei para casa, estava atordoada. Mais tarde, quando vi as fotos, os outros eram-me estranhos. Mas de ti lembrava-me bem.

— Talvez porque eu fosse estrangeiro e falasse contigo em inglês. Os outros não eram todos austríacos?

— Sim, eram.

— Então está aí a explicação.

O Ferreira soergueu-se e apalpou as *boxers*. A Ingrid fez o mesmo às calcinhas. Ainda estavam húmidas.

– Ou ficamos aqui mais tempo – propôs ele –, ou tiramo-las.

– Se quisermos encontrar mais algum viveiro, começa a fazer-se tarde. Eu não gosto de andar com roupa molhada. O melhor será tirá-la.

Levantaram-se os dois e, de costas voltadas, despiram a única peça de roupa que ainda tinham e vestiram ele as calças e ela os calções. A austríaca, depois de pôr o sutiã e envergar a *T-shirt*, disse ao Ferreira que já podia olhar. Ele, depois de recomposto, ficou com as *boxers* na mão, sem saber o que lhes fazer.

– Dá cá que eu guardo.

A Ingrid juntou as *boxers* às suas calcinhas, enrolou-as e meteu-as na mochila, por debaixo dos espécimes do pinheiro-baboso.

Retomaram a demanda com novo ânimo. Nesse resto de tarde, encontraram mais dois viveiros selvagens, que a Ingrid cartografou e estudou.

De regresso, pararam na Régua e jantaram no restaurante do Museu do Douro. Estavam indignamente apresentados, mas o empregado que os atendeu, entufado na sua fatiota de *garçon*, nada lhes disse. A Ingrid pediu uma salada, mas o Ferreira cancelou. A amiga despendera demasiadas energias durante o dia e meia dúzia de folhas de alface não a alimentariam convenientemente. Obrigou-a a comer cabrito com batatas assadas. Ela tanto gostou que repetiu. Beberam ambos uma garrafa de tinto Douro. Depois do cabrito, a Ingrid pediu licença para ir ao WC. O Ferreira aproveitou para telefonar à ex-mulher a perguntar pelo Huguinho.

– Precisamos de conversar – disse-lhe ela. – Tenho pensado muito no que nos aconteceu e estou cada vez mais convencida de que nos precipitámos. Antes de avançarmos para o divórcio, deveríamos ter esperado mais tempo.

– Gostaria de te lembrar, Ângela, de que foste tu que exigiste a separação.

– Sim, é verdade. Mas tu vieste com aquela história da

espanhola e da gravidez. Como poderia eu imaginar que não engravidaste ninguém? Que inventaste tudo isso porque estavas arreliado comigo?

O Ferreira náo replicou. Seria dar argumentos à ex-mulher para mais uma infindável discussão.

– Quando vens buscar o Huguinho? – perguntou a Ângela vendo que ele nada dizia.

– No próximo sábado, se te der jeito.

– Sim, dá. Podes levá-lo ao cinema? Saiu um novo filme de animação e não tive ainda oportunidade para o levar.

– Está bem.

– Falaremos com mais calma pessoalmente. Sentimos tanto a tua falta!... O Huguinho está sempre a falar em ti.

O Ferreira desligou depois de trocar algumas palavras com o filho. Não lhe agradou a conversa da ex-mulher. Ter-se-ia zangado com o namorado ou ele mandou-a dar uma volta?

A Ingrid voltou para a mesa e interrompeu-lhe as reflexões.

– Sinto uma sensação estranha – disse ela a meia voz. – É como se estivesse nua. Não tenho por costume andar sem calcinhas.

O Ferreira replicou rindo:

– No meu caso é uma sensação de liberdade. Amanhã voltamos ao trabalho de campo?

– Não. Vou passar o dia no laboratório a analisar as plantas que recolhi. Mas no sábado, se estiveres disponível...

– Infelizmente não posso. Tenho de sair com o meu filho.

– Tens um filho? Não me tinhas falado nele. E a tua ex-esposa?

– Acabei de telefonar-lhe. Depois de tudo por que passámos, quer conversar, deixando em aberto a possibilidade de uma reconciliação. Quer que eu volte para casa. Acha que nos precipitámos ao partir para o divórcio e que a situação está a prejudicar a criança.

– E tu que vais fazer?

– Para já, nada. Será muito difícil a reconciliação. Ao contrário do que a minha ex-mulher pensa, eu considero que a separação foi mais saudável para o miúdo. Passávamos o tempo a discutir.

– Qual foi a razão do divórcio? Adultério?

– Não propriamente. Esse foi o pretexto. A verdade é que não nos dávamos bem. Temos feitios, interesses e gostos muito diversos.

– Há quem diga que as diferenças ajudam à união. Quando as pessoas são muito iguais, dão-se mal.

– Como vês, isso é um mito sem grande base real. Pelo menos no meu caso.

– Eu e o Jörg somos muito diferentes. E no entanto entendemo-nos. É um homem descontraído e nada lhe faz perder a calma. Para ele está sempre tudo OK. Eu sou mais irrequieta, mais impulsiva. Creio que nos completamos.

– Isso é ótimo – disse o Ferreira pouco convencido. – Nada como um casal que se dá bem.

Se o tal Jörg era como ela dizia, o mais certo seria ficar para traz e perder a corrida. Quando a Ingrid se apercebesse de que o marido não conseguia acompanhá-la nos seus projetos de vida, mudaria de opinião.

Terminada a sobremesa, partiram. Tinha anoitecido e ao longe viam-se as pontes sobre o Douro iluminadas.

Quando o Ferreira parou junto à residência, a Ingrid disse:

– Muito obrigada pela companhia, pela colaboração e pelo jantar.

– *You welcome* – respondeu ele. – Tens planos para domingo?

– Nenhuns. Talvez fique no quarto a ler e a conversar com as minhas amigas da rede social.

– Queres vir comigo ao Porto? Conheces a cidade e aproveitas para ir aos saldos.

– Agrada-me a ideia. Espero aqui por ti... às dez?

– Está combinado.

Antes de sair do carro, a Ingrid deu-lhe um beijo na face e disse:

– Gosto de ti, sabes?

E saiu.

Conversa muito séria

Ao sair do carro, a primeira coisa que lhe chamou a atenção foi o estado lastimável do jardim da casa. Por falta de rega e de cuidados, a relva secara e as roseiras estavam sufocadas por ervas daninhas. Desde que abandonou o lar, nunca mais ninguém moveu um dedo por aquele jardim.

Tocou à campainha e ouviu a voz entusiasmada do filho, que abriu a porta e correu para ele.

— Papá! — exclamou o miúdo abraçando-se-lhe às pernas.

— Então, Huguinho? Até parece que não me vês há anos. Estive aqui a semana passada.

— Eu via-te todos os dias. Agora...

— Os pais e os filhos não precisam de se ver todos os dias para gostarem uns dos outros. Pode estar um na Lua e outro em Marte, que continuam a gostar como se estivessem bem perto.

A Ângela entretanto apareceu à porta com um casaco na mão.

— Bom dia, Marco — disse ela. — É melhor levarem isto. Ao fim da tarde começa a arrefecer.

— A que horas é o filme? — quis saber o Ferreira.

— Às onze e às catorze — informou o pequeno.

— Ainda vamos a tempo da primeira sessão — observou o pai olhando o relógio. — Deveremos estar de volta antes das dezoito horas.

— Então até logo. Porta-te bem, Huguinho. E nada de comer porcarias antes do almoço. Estão proibidas as pipocas, as gomas e as chicletes.

— Oh, mãe! Nem uma goma, ao menos?

— Nem uma. Sabes bem que isso te tira o apetite. — Depois voltando-se para o ex-marido: — Marco, peço-te que não leves a criança a comer hambúrgueres ou pizas. Uma massazinha, ou um bifezinho, muito bem. E não esqueças a sopa.

– Sopa não! Hoje não. Por favor, papá!

– Veremos.

O Ferreira não tinha a mínima intenção de cumprir as recomendações da ex-mulher. O miúdo devia estar farto de regras durante a semana.

Disseram adeus à Ângela e partiram. Em vez de se meterem logo no centro comercial, foram ver uma feira de velharias no centro da cidade. O Huguinho ficou um tanto aborrecido ao ver toda aquela sucata de tempos passados. Mas quando o pai lhe comprou um saco com quinhentos selos e um álbum para os colocar, ficou muito animado. Numa tenda de livros e discos em segunda mão, o Ferreira pediu ao miúdo para se sentar sobre uma resma de enciclopédias enquanto ele dava uma olhada. Descobriu uma edição bastante coçada da *Carta de Guia de Casados* e uma outra do romance *Onde Está a Felicidade?* do Camilo. O vendedor queria dez euros pelo primeiro e vinte pelo segundo. O Ferreira achou caro. Acabaram por fechar o negócio por vinte e cinco euros mais um disco de vinil com fados do Alfredo Marceneiro como brinde.

Quando se afastaram, o Huguinho mostrou ao pai o álbum com alguns dos selos já dispostos em coleção.

– É isso mesmo! Vais ver que é divertido. E útil. Quando mostrares aos teus amigos, eles vão morrer de inveja. Eu também fiz uma coleção de selos.

– E onde está agora?

– Deve estar na casa da avó Arcília. Havemos de procurá-la. Eu tinha selos raros e muito bonitos, alguns de países que já não existem. Se a encontrarmos, podes juntá-los à tua coleção.

– A sério, papá?

– Claro! Agora a coleção é tua. E se um dia fores pai, deverás oferecê-la ao teu filho.

– Boa! É isso mesmo que vou fazer.

Voltaram para o carro e, no percurso até ao centro comercial, o Ferreira perguntou à criança que tal iam as coisas lá por casa.

– Sabes, a mamã anda sempre muito triste. Eu pergunto-lhe

se é porque tu não estás connosco. Ela diz que não. Mas eu sei que é. Antes das férias, levou várias vezes um senhor lá a casa. Dizia-me para eu lhe chamar Garrido. Que nome foleiro! Armava-se em engraçadinho comigo. Era um parvo. Não tinha graça nenhuma. Mas as gomas que me dava eram boas. A mamã começou a não gostar e proibiu-o de fazer isso. As gomas estragam-me os dentes.

— E ele que te dizia?

— Perguntava-me se eu já tinha namorada e essas parvoíces. Numa das últimas vezes, ofereceu-me uma camisola do Benfica, daquelas que se compram na loja dos chineses e cheiram a gasóleo. Queria que eu mudasse de clube. Como se eu fosse trocar o meu Sporting pelo Benfica!

— E depois, esse Garrido deixou de ir lá a casa?

— Sim, deixou. A mamã disse que ele era um idiota. Que só queria divertir-se com ela. Tu nunca te divertiste com a mamã, pois não?

O Ferreira sorriu.

— Tínhamos os nossos divertimentos. Mas nada que magoasse a ponto de a tua mãe me chamar idiota.

— Isso ela nunca te chamou. Era mais palerma, egoísta e *adulto*.

— Não seria *adúltero*?

— Pois. O que é um *adultro*, papá?

— É um homem casado que anda com outra mulher.

— E tu fizeste isso?

O Ferreira hesitou. Não se deveria mentir a uma criança. Mas não podia dizer ao filho que enganou a esposa a torto e a direito.

— Não, Huguinho, não fiz.

— Então não entendo porque é que te foste embora.

— Quando cresceres, compreenderás.

Entrou no parque subterrâneo e acrescentou:

— Já não temos tempo para ir à sessão das onze. Vamos almoçar?

— Sim. Eu bem gostava de comer um hambúrguer. Dão bonecos do filme, sabias?

– Pois, mas a tua mãe quer que a gente vá comer coisas saudáveis.

Almoçaram num restaurante que servia massas. Terminaram quase em cima da hora do cinema. O filho era lento e, para despachar, o pai viu-se obrigado e meter-lhe na boca as últimas garfadas. O filme, a 3D, exigia o uso de uns óculos de massa. O Ferreira olhou-os com desconfiança. O miúdo, com eles postos, parecia um inseto de olhos gigantescos.

O filme teve a sua piada e pai e filho riram-se muito com os disparates da bonecada algures num planeta distante.

No regresso a casa, o Huguinho, enquanto no banco de trás, como mandava a lei, se lambuzava com um chupa (a mãe nada dissera a esse respeito), perguntou:

– Ó papá, aquele planeta existe mesmo?

– Não. É inventado.

– Ah! Bem me pareceu. É que a professora disse na aula que só existiam oito planetas: Mercúrio, Vénus, Terra, Marte, Júpiter, Saturno, Neptuno e Úrano. Além de Plutão, que é um planetoide, e das luas. Parece que há não sei quantas.

– Sim, mas isso é no sistema solar. Fora do sistema solar há muitos mais. De momento conhecem-se mais de quinhentos.

– A professora não deve saber isso, porque diz que só existem oito.

– As pessoas aprendem coisas em determinada altura da vida e não se atualizam.

– E esses quinhentos planetas são perto daqui?

– Sim, são perto. A maioria anda à volta de estrelas vizinhas do nosso Sol.

– E quanto tempo demora a lá chegar?

– Muito tempo. Estão perto, mas não o suficiente para podermos ir visitá-los. Teríamos de ter uma nave que andasse muito depressa. Com as que existem, demoraria milhares de anos.

– Não entendo. Se estão perto, como pode demorar tanto tempo?

– À América, quando não havia aviões, só era possível chegar de barco. A viagem demorava dois ou três meses. Mas agora, que temos aviões, demora apenas seis horas, ou até menos. O que é que mudou?

– Eu sei! Eu sei! – gritou o miúdo erguendo o braço com o chupa como se estivesse na escola. – O que mudou foi... Como é que se chama?

– A tecnologia.

– Sim. O avião anda muito mais depressa do que o barco.

– Ora aí tens. Quando inventarem uma nave que ande muito mais depressa do que os foguetões, então poderemos ir visitar os planetas, como no filme que hoje vimos.

– Eu bem que gostava de visitar um planeta! Havia de ser superdivertido.

– E perigoso também. Vê o que aconteceu aos heróis do filme.

– Sim, meteram-se numa grande confusão.

O relógio do carro marcava dezassete horas e o Ferreira ligou o rádio para ouvir as notícias. Como sempre, não eram animadoras para os pobres terráqueos. A crise, a corrupção, o desemprego, as aldrabices dos banqueiros e a incompetência dos políticos. Pensou se tudo aquilo não seria mais uma conspiração dos poderosos para oprimir ainda mais quem trabalhava e quem, no fundo, fazia mover o país. Com os argumentos de mais uma crise, subiam-se os impostos, cortavam-se nas ajudas sociais e reduziam-se os salários, em nome da contenção orçamental e do equilíbrio das contas públicas. No entanto, os poderosos, verdadeiros culpados da situação, iam criando contas na Suíça e nos paraísos fiscais onde aferrolhavam os milhões.

Desligou o rádio antes de ouvir o desenvolvimento das notícias. O filho, atrás, perguntou:

– Papá, há seres assim como nós noutros planetas?

– É bem provável. Há pessoas que dizem já os terem visto.

– Mas como os viram? Pelo telescópio?

– Não. Viram-nos ao pé. Como eu e tu aqui.

– Mas, ó papá, tu disseste que para chegar aos planetas demora muito tempo e que não temos naves que andam depressa.

– Sim, é verdade. Mas os habitantes de outros planetas podem ter naves espaciais capazes de vir aqui à Terra.

– E como são eles? Verdes? Os do filme eram verdes.

– As pessoas que afirmam tê-los visto dizem que são cinzentos.

– Cinzentos? Isso deve meter medo. Os fantasmas e os *zombies* também são cinzentos. Eu preferia que eles fossem verdes. Seriam mais engraçados.

– Também há de haver verdes. E azuis. E até vermelhos.

– Os índios são vermelhos. Não é grande coisa ser dessa cor. E terão pernas e braços como nós?

– É provável que sim.

– Mas porquê? Bem que podiam ter três braços e quatro pernas. Ou não ter perna nenhuma. Se são doutro planeta, porque é que haveriam de ser como nós?

– Há quem pense que não são como nós. Nós é que somos como eles.

– Então temos dois braços e duas pernas porque eles também os têm?

– Isso mesmo. Diz a Bíblia que Deus fez o homem à sua imagem e semelhança. Talvez Deus fosse um ser de outro planeta que pôs aqui o ser humano.

Tinham entretanto chegado a casa. A Ângela estava sentada no alpendre e levantou-se para os receber.

– Então? Divertiram-se? – perguntou.

– Sim – disse o miúdo saindo do carro com os selos e o álbum. Já tinha terminado o chupa. – Ó mamã, sabes que, se visitarmos outro planeta, somos nós os *aliens* e não os outros que lá vivem?

– Nunca tinha pensado nisso. Já lanchaste?

– Não tenho fome. O papá deu-me qualquer coisa.

– O quê?

– Qualquer coisa.

O miúdo não queria dizer que tinha sido um chupa.

– Sim, ele já lanchou – interveio o Ferreira do carro.

– Não entras?

– Não tenho assuntos a tratar.

– Ó Huguinho, vai brincar com a Joana. Ela está à tua espera. Já falei com a mãe.

– Não me apetece ir brincar com ela.

– Porquê? É uma menina simpática.

O miúdo respondeu quase em segredo:

– O outro dia ela quis ver-me a pila.

O Ferreira riu-se.

– E tu mostraste-lha? – perguntou a mãe escandalizada.

– Claro que não!

– Se ela te pedir isso outra vez, diz-lhe que mostre ela primeiro – sugeriu o pai.

– Ó papá, mas as meninas não têm pila. Eu fico prejudicado.

– Vocês querem-se calar com isso? – pediu a Ângela. – Ó Marco, que insensatez!

– Vai lá brincar com a Joana. E não te esqueças de quem manda – aconselhou o Ferreira saindo do carro.

– Vou-lhe mostrar os selos.

O miúdo afastou-se e entrou no portão da casa vizinha. A menina, que foi atendê-lo à porta, ficou muito satisfeita e mandou-o logo entrar.

– Vamos jogar ao *eye-toy* – disse ela decidida. O Huguinho encolheu os ombros. Preferia brincar com os selos.

O ex-casal Ferreira ficou sozinho.

– Sempre entras? – perguntou a Ângela.

Ele entrou sem responder, dirigiu-se à sala de estar e sentou-se no sofá.

– Não deverias ter dito aquilo à criança. É uma coisa feia.

– Ó Ângela, o Hugo tem de aprender como é a vida. Pelos vistos, a amiguinha já sabe mais do que ele. A proteção em demasia é prejudicial.

– E tu como tens andado?

– Bem, dentro do possível. Sempre com muito trabalho... E depois da agregação ainda mais.

– Eu não me referia ao trabalho... Já arranjaste alguém?

– Não tenho tempo para isso.

– Disseram-me que te têm visto com uma loira... bastante mais nova.

– As notícias correm depressa. E distorcidas. Essa loira é uma doutoranda casada que está na universidade a fazer uma investigação. É estrangeira. Somos apenas colegas.

– Se tu o dizes... Sabes que eu fiquei muito revoltada quando, naquele dia, depois das tuas provas de agregação, me disseste que tinhas engravidado uma rapariga. Não deverias ter-me contado nada. Ainda por cima sendo mentira.

– Já conversámos sobre isso e não tenho mais nada a dizer.

– É evidente que, no momento em que confessaste que me andavas a enganar, deixou de haver condições para continuarmos juntos. Mas se me tivesses contado que foi uma estupidez que te lembraste de dizer porque estavas irritado comigo, provavelmente ainda estarias aqui, junto da tua esposa e do teu filho. Afinal, Marco, porque o fizeste? Porque é que quiseste ir embora?

– Se bem te lembras, foste tu que exigiste que eu saísse naquela mesma noite e fosse dormir a uma pensão.

– E tu não foste.

– Pois não. A casa também era minha. Tinhas o direito de não querer partilhar a mesma cama, mas não de me pores fora. E por isso fui dormir no quarto de hóspedes. E sabes bem que detesto aquela cama. Fico com dores de costas.

– Chorei toda a noite, no nosso quarto, baixinho, para não acordar o nosso filho, e esperei que fosses dizer-me que não era verdade, que não tinhas engravidado ninguém. Na manhã seguinte, ouvi-te levantar e sair. Nunca mais voltaste. Nem para recolher as tuas coisas. Mandaste cá a tua irmã.

– Queria evitar discussões. Não suporto gritos nem choros, bem sabes. E tu, era raro o dia em que não gritasses. Não eras assim quando casei contigo. Eras uma mulher calma, um tanto tímida, e eu gostava disso.

– As pessoas mudam. A minha profissão deu-me cabo do sistema nervoso. A escola é um inferno. Tenho sofrido muito com os alunos, os avaliadores, as inspecções e as leis ridículas do governo. Os meus colegas também têm sofrido. Alguns andam no psiquiatra e já não dispensam os calmantes e os antidepressivos. Ser professor hoje é um castigo. Os escravos da antiga Roma viviam mais descontraídos.

– Sim, depois de levarem umas chicotadas dos donos por dá cá aquela palha.

– Lá estás tu com as piadas de mau gosto! Porque é que nunca conseguimos ter uma conversa adulta? Sempre foste assim. Parece que nunca levas nada a sério.

– É o meu feitio. Como dizes, fui sempre assim. Deverias ter-te apercebido logo.

– Pensei que, com o tempo, ficarias mais sensato e responsável.

– Uma vez, ainda namorávamos, disse-te que o Peter Pan era o meu herói preferido. Chegaste a pensar porquê?

– Não me recordo disso. Tu dizias tanta coisa... tantos disparates... Eu nunca sabia quando estavas a falar a sério.

– Pode-se falar a sério sem ter de ser sisudo. Quando te falei do Peter Pan, queria lembrar-te que ele era um menino que não queria crescer porque achava o mundo dos adultos hipócrita, aborrecido e triste.

– Esta conversa, Marco, se continuas com essas infantilidades, será uma perda de tempo como outras que tivemos. Parece que eu falo português e tu uma daquelas línguas africanas com estalidos de língua.

O Ferreira ergueu os braços em sinal de paz.

– Prometo não abrir mais a boca – retorquiu.

– Também não precisas de exagerar. Eu só quero um pouco de bom senso da tua parte.

Fez uma pausa e, como lhe viesse subitamente uma ideia, acrescentou:

– Olha a minha cabeça! Nem te perguntei se queres beber alguma coisa.

– Não te incomodes.

– Um uísque? Uma cerveja? Um chá?

– Pode ser uma água mineral, se tiveres.

– Sim, tenho. Eu vou buscar à cozinha.

A Ângela abandonou a sala e voltou daí a pouco com duas pequenas garrafas de água, uma das Pedras e outra do Vidago.

– Ainda havia aqui uma do Vidago, das que tu gostas – explicou. – Estará dentro do prazo de validade?

– Há de estar. Também não passou assim tanto tempo desde que fui embora.

– Vai fazer um ano. Um ano de longas noites sozinha, a pensar em ti e na falta que me fazias. Oh! Marco, nem calculas. Estava tão habituada à tua presença, ao teu calor... Foi muito difícil. Tudo por causa de uma insensatez. E nós, que gostávamos tanto um do outro! Eu sentia-me tão bem ao pé de ti... Adorava os teus carinhos, a maneira como me beijavas e me fazias festas no cabelo... Foi muito doloroso, deixar subitamente de ter essas mãos, esse corpo, perto do meu...

O Ferreira bebia a água pelo gargalo da garrafa e não sabia o que dizer. A ex-esposa estava carente e ele não podia, nem devia, fazer nada. Mas ela ajoelhou-se diante de si, poisou a cabeça no seu colo e chorou. Ele poisou a garrafa no chão e fez-lhe festas no cabelo. A Ângela levantou os olhos húmidos e ofereceu-lhe os lábios. O ex-marido não teve mais remédio que beijá-los.

Foi um longo beijo, misturado com lágrimas, e soube bem aos dois. A Ângela afastou-se, pegou-lhe na mão e guiou-o até ao quarto, no andar de cima.

Diz o rifão que entre marido e mulher ninguém meta a colher. Como, porém, a regra não se aplica a estes, podemos, para recreio dos leitores mais curiosos, descrever por alto o que se passou naquele quarto.

Um e outro despiram-se do lado habitual da cama em tempos de matrimónio, arrumaram a roupa com algum cuidado e deitaram-se. Desta vez, porém, foi ela a tomar a iniciativa e aplicou-se de alma, boca e coração ao ex-marido. Fez ele depois o mesmo, espantando-se com a sucessão de orgasmos da ex-esposa, que costumava ser bem menos exuberante. Nos momentos em que ambos partilharam os corpos como Deus manda, ela gritou quanto quis. Ficaram muito tempo abraçados, escorregadios do suor.

Barbarella

Na manhã seguinte, o Ferreira telefonou à austríaca a informá-la de que, devido a um imprevisto familiar, não podia ir ao Porto. Ficaria para outro dia. Ela não demonstrou qualquer contrariedade e disse que compreendia.

Acabara por jantar e dormir em casa da ex-mulher e seria deselegante ir-se embora no domingo de manhã como se nada tivesse acontecido. O Huguinho ficou muito contente ao ver o pai ainda em casa quando voltou das brincadeiras com a vizinha, e mais contente ficou ao saber que ele lhes faria companhia ao jantar.

Enquanto a Ângela preparava o almoço de domingo, ele e o filho foram para o jardim arrancar as ervas daninhas. Depois estiveram no pátio das traseiras a jogar a bola. O Ferreira sentia-se anestesiado e cedia a tudo o que lhe pediam.

O Huguinho deu um pontapé mais forte na bola, esta saltou a vedação e foi parar ao quintal de um vizinho.

— E agora, papá? Como fazemos?

— Anda cá.

Pegou no miúdo e passou-o para o outro lado da vedação. A bola fora parar debaixo de uma pereira carregada de frutos. Quando a criança se aproximou da bola, o pai sussurrou-lhe:

— Traz algumas pêras!

— Alguém pode ver, papá.

— Ninguém está a ver. Despacha-te!

O Huguinho atirou a bola para o pai e depois colheu três pêras, correndo para a vedação sem olhar para trás. O Ferreira passou-o de volta e disse:

— És um rapaz corajoso! Tens a quem sair. Quando eu era do teu tamanho, não havia fruteira que me escapasse.

— Roubar é feio, papá.

— Tirar a fruta ao vizinho que não a colhe nem come e a

deixa cair de podre não é roubar. É aproveitar.

A Ângela chamou para a mesa e o miúdo correu a mostrar à mãe as três pêras. Era uma para cada um. Com a preocupação de pôr a comida, a mãe nem perguntou onde conseguira as pêras.

O almoço foi demorado, não porque havia um menu variado, mas pela costumada lentidão do Huguinho em despejar o prato. Depois da sobremesa preparada pela Ângela, já não houve lugar para as pêras, o que defraudou um pouco a criança.

O Ferreira ajudou a arrumar cozinha. A Ângela, enquanto metia a loiça na máquina de lavar, sugeriu que fossem dar um pequeno passeio. Havia uma feira de artesanato.

– E se alguém conhecido nos vê juntos, o que lhe vamos dizer? – perguntou ele a tentar escapar-se.

– Não é proibido os ex-esposos darem um passeio com o filho.

– Proibido não é. Mas invulgar...

– Será invulgar, porque esta gente é uma preconceituosa. Nos países civilizados isso não acontece. Ainda há dias vi um filme americano em que uma família de divorciados ia de férias com os dois filhos. Porque é que os ex-esposos não hão de ser amigos e sair juntos?

O Ferreira estava varado com as opiniões tão avançadas da Ângela. Sempre fora tão complexada...

Dirigiram-se os três para o lugar onde se realizava a feira. Nas barracas montadas pela Câmara Municipal, os vendedores de artesanato aborreciam-se com a falta de clientes. Dois velhotes dormitavam num banco ao Sol dos começos de outono. A cidade ao domingo à tarde estava praticamente deserta. Os jovens metiam-se nas discotecas e nos bares e os mais velhos ficavam em casa a dormir ou a ver televisão. Os mais adinheirados iam até ao Porto, onde havia os centros comerciais. Aquela cidade do interior estava cada vez mais triste e mais desinteressante.

Deram uma volta a pé e regressaram ao carro. O Huguinho estava ensonado e adormeceu. A Ângela pediu ao ex-marido para não seguir para casa, pois acordariam o miúdo.

— E agora? O que vamos fazer, Marco? — perguntou a Ângela a meia voz enquanto o carro avançava pela estrada.

— Podemos ir até à ermida de Santa Eufémia. Tem uma bela vista.

— Refiro-me a nós, à nossa vida. O que vamos fazer?

— Tens alguma sugestão?

— Tudo depende de ti.

— De mim?

— De quereres ou não voltar para casa.

— E achas que, se eu decidir voltar, tudo entre nós fica resolvido?

— Talvez não. Mas podemos tentar. Como te disse, fomos precipitados na separação. Deveríamos ter dado mais tempo.

— E não estaremos agora a cair no mesmo erro? Eu volto para casa e arrisco-me a que, daqui a uns dias, por qualquer motivo, e motivos nunca faltam, bastam umas meias sujas deixadas no meio do quarto, recomecem as discussões.

— Isso não vai acontecer, Marco.

Ele não retorquiu. Contornou uma rotunda e dirigiu a viatura para a ermida de Santa Eufémia. Estacionou debaixo de um plátano com as folhas a amarelecer e saiu, sem bater a porta para não acordar o filho. A Ângela imitou-o. Aproximaram-se do miradouro e observaram o vale onde se estendia a cidade.

— A nossa casa está além — disse a Ângela apontando.

— Sim, lá está ela — concordou o Ferreira sem no entanto conseguir distingui-la de todas as outras.

— Gostaria que nos próximos dias ponderasses — continuou a ex-esposa. — Não vou insistir que fiques. Não tenho esse direito. Se decidires voltar para casa, já sabes que serás bem-vindo.

— Encontraremos certamente o melhor caminho para as nossas vidas.

— É a primeira vez que te oiço dizer algo de sensato, sem aquelas ironias que tanto me irritam.

Meteu o braço no do ex-marido e estiveram alguns minutos

em silêncio a olhar a paisagem. Subitamente, ouviram os gritos do Huguinho, que corria para eles.

– Papá, mamá!!

Abraçou-se às pernas dos dois a chorar.

– O que foi, filho? – perguntou a mãe preocupada.

– Pensei que tinham ido embora e me deixaram sozinho.

– Desculpa. Nós estávamos aqui. Não precisas de chorar.

O Ferreira pegou no miúdo ao colo e ele foi-se acalmando.

Começou a soprar um vento frio e voltaram à cidade. A Ângela disse que deveriam lanchar e o Huguinho lembrou-se das pêras e obrigou os pais, já em casa, a comerem a que lhes cabia.

– Se o vizinho entrar aqui e vir as pêras, vai perceber que nós lhas roubámos. Se as comermos, ele nunca saberá – argumentou antes de dar uma trinca forte na polpa macia.

Depois do lanche, o Ferreira despediu-se do filho, deu um beijo na face à ex-mulher e partiu. O Huguinho mostrou-se um pouco desiludido, pois pensara que o pai ficaria, mas não fez ondas.

Durante a viagem de regresso ao apartamento, pensou no que sucedera naqueles dois dias. Tinha sido bom estar em casa. Mas não podia deixar-se enganar com um aceno de felicidade. A vida anda para a frente, não para trás. Poderiam, se a Ângela quisesse, manter a relação mais ou menos íntima de uma forma intermitente. Mas nada de compromissos. Conhecia bem a ex-esposa e, por mais que ela prometesse comportar-se assim e assado, sabia que voltariam as tricas e os conflitos.

Com isto em mente, chegou ao apartamento cerca de uma hora mais tarde. Enquanto o portão da garagem do prédio abria, pegou no telemóvel e olhou para o visor. Tinha duas mensagens. Eram da Ingrid. Numa, perguntava se estava tudo bem; na outra pedia para lhe telefonar quando pudesse. Precisavam de combinar o próximo trabalho de campo.

Decidiu ligar-lhe. Ela estava na residência universitária. Passara o dia a trabalhar na tese. Leu alguma bibliografia sobre plantas carnívoras, consultou várias páginas da Internet mantidas por investigadores da mesma área e esteve a introduzir dados relativos aos espécimenes de pinheiro-baboso que encontrara no trabalho de campo, dados estes que teria de confrontar mais tarde através de um programa estatístico.

O Ferreira pediu mais uma vez desculpa por não ter podido acompanhá-la ao Porto, prometendo compensá-la.

— Preciso de sair um pouco para espairecer — disse ela. — Queres fazer-me companhia ao jantar?

— Com todo o gosto — respondeu o Ferreira. — Estarei aí dentro de seis minutos.

Puxou o carro atrás, deu meia volta e partiu em direção à residência. A porta da garagem fechava-se sozinha ao fim de alguns segundos.

Quando chegou, o porteiro da residência tentava explicar à jovem investigadora a diferença entre *obrigado* e *obrigada*. A Ingrid, para mostrar que sabia algumas palavras em português, costumava dizer *obrigado*. O homem queria que ela dissesse *obrigada*. Já, no carro, o Ferreira tentou expor-lhe em inglês o problema: quando uma mulher quer agradecer, diz *obrigada*; quando é um homem, diz *obrigado*. Ela continuou sem perceber a razão de tal distinção.

Voltaram ao centro comercial, mas, para variar, entraram no restaurante argentino, ou pelo menos tido como tal. O Ferreira pediu carne de vaca grelhada para dois, apesar dos protestos da amiga. Durante as entradas, com tostas, pasta de atum e queijo de cabra nada argentinos, a Ingrid perguntou o que tinha acontecido que o obrigou a cancelar a ida ao Porto.

— Espero que não tenhas ficado aborrecida.

— Oh, não! Tinha muito que fazer.

— Foi um contratempo familiar, como te disse.

— Mas está tudo bem?

— Sim, está. Obrigado pela tua preocupação e compreensão.

— Eu sei como são essas coisas. Depois que casei, a cada passo a minha mãe telefona-me a pedir isto e aquilo e lá tenho de ir resolver.

Terminado o jantar, deram uma volta pelo centro comercial. Ao passarem junto às salas de cinema, a Ingrid quis ver o que estava em cartaz.

– Aquele filme interessa-me – disse apontando um dos cartazes. – Gostaria de o ver.

– Começou há cerca de meia hora – informou o Ferreira olhando o painel com os horários.

– Que pena! Se tivéssemos comido mais depressa...

– Um bom naco de carne tem de ser comido com vagar, para o saborearmos e, sobretudo, não nos engasgarmos com ele.

A austríaca fez beicinho. O Ferreira lembrou-se de perguntar:

– Gostas de filmes antigos?

– Filmes antigos? Do Charlie Chaplin?

– Não tanto. Dos anos cinquenta e sessenta.

– Sim, gosto.

– Então convido-te a ver um desses filmes no meu apartamento.

– E não incomodo?

– Claro que não! Vamos?

– E qual é o filme?

– *Barbarella*, com a Jane Fonda. É, se não estou em erro, de 1968.

– Nunca ouvi falar.

– Eu também só muito recentemente o descobri. É um clássico da ficção científica.

– Eu gosto de ficção científica, mas desde que os atores não apareçam de pijama.

– Não sei se eles neste filme usam pijama. Na capa do DVD, aparece a Jane Fonda em biquíni, a mostrar umas belas pernas.

– Isso é animador. Faço-te companhia.

Dirigiram-se ao apartamento. Quando entraram, a Ingrid, com a maior das naturalidades, deu uma volta pelas divisões. A casa pertencia a uns emigrantes na Suíça e estava mobilada conforme os seus gostos. A cama do quarto principal era redonda e o Ferreira teve de se habituar a não cair dela abaixo durante o sono. Na sala de estar, os sofás, em cabedal castanho, pareciam três enormes calhaus disformes que davam cabo das costas a quem se sentava neles. A um canto da sala ficava um bar com balcão. Em vez de garrafas, era aí que o Ferreira guardava a sua coleção de DVDs.

– Senta-te – convidou o inquilino. – Bebes alguma coisa?

– Tens *vodka*? – perguntou ela sentando-se no sofá principal.

– Não costumo beber disso. Tenho vinho do porto, uísque e um licor muito bom que se chama *Levanta o Pau*: *Hard On!*

– Beberei um pouco desse *Hard On!*

O Ferreira foi buscar a garrafa e dois copinhos, poisou-os na mesa baixa ao centro da sala e encheu-os, passando um à amiga. Depois introduziu o DVD no leitor e ligou a televisão.

O filme era uma comédia em que Jane Fonda, a Barbarella, é enviada a um planeta como agente secreto para encontrar um tal Duran-Duran e o trazer de volta à Terra. A atriz, dona de um corpo esbelto e atraente, aparece sempre com muito pouca roupa, ou mesmo nenhuma. As pílulas que as personagens ingeriam para ter sexo deram no final tema para debate.

– Se existissem umas pílulas mágicas para fazer sexo virtual, tu tomava-las? – perguntou a Ingrid.

– Talvez – respondeu o Ferreira. – O sexo virtual é uma ideia interessante. Woody Allen explorou-a também no filme *Sleeper* de 1973. Cada membro do casal, se bem me lembro, metia-se dentro de uma máquina e saía aliviado. Temos de considerar que a pílula é bastante prática, além de mais segura e higiénica. Evitam-se doenças, não cansa nem desgasta tanto e pode utilizar-se em qualquer sítio sem causar perplexidade aos outros e vergonha a quem a ingere. Podemos estar sentados num café, num banco de jardim ou no metro e ter um belo orgasmo sem qualquer problema.

– Tomar uma pílula e encostar a palma da mão ao companheiro para ter um orgasmo não é certamente coisa que me atraia.

Talvez pelo facto de eu ser bióloga, prefiro tudo o que seja natural. Nada como um bom pénis dentro de mim e muitos fluidos.

— E o que entendes por um bom pénis?

— Não precisa de ser muito grande nem muito grosso. Que tenha o tamanho ideal e que seja eficiente a satisfazer-me. Eu sei que os homens têm uma obsessão pelo tamanho. O Jörg pergunta-me a cada passo o que penso eu do pénis dele. Embora isso seja um pormenor a não desprezar, não é o fundamental. Se as pessoas gostam uma da outra, sentem-se bem quando estão juntas, o tamanho e o diâmetro não têm grande importância.

— Mas tu disseste que um bom pénis...

— Eu quis contrapor o sexo virtual ao sexo natural. Um pénis, qualquer que ele seja, há de ser melhor do que um comprimido. Não concordas?

— Há mulheres que não pensam como tu. Para elas o pénis é repulsivo.

— Também há homens que pensam o mesmo da vagina. Espero que não sejas um deles...

O Ferreira riu-se. A conversa estava a ser perigosa. Por isso mudou-lhe o rumo:

— E o homem pássaro?

— O que é que ele disse quando a rainha negra lhe exigiu que fizesse sexo?

— «Um anjo não faz amor...»

— «...Um anjo é amor». Muito bonito.

— E que terá acontecido quando o homem pássaro levou a Barbarella para o ninho?

— Como ele era só amor, o mais certo foi nada ter acontecido.

— Pode ser que a Barbarella tenha usado uma daquelas pílulas.

— Mas para isso não precisava de se pôr nua. Lembra-te de que ela acordou de manhã em pelo entre a palha.

— Sim, é certo. Mais um copinho de licor?

– *Thank you.* Tem um aroma a ervas silvestres. É muito bom.

Com o copo na mão, acrescentou:

– Não acredito que a Barbarella tenha usado a pílula no ninho. De outro modo, por que razão acordaria como se tivesse passado a melhor noite da sua vida? Aquele homem pássaro levou-a num voo ao paraíso. E com toda esta conversa, até fiquei com as calcinhas molhadas.

Bebeu o conteúdo do copo de um trago.

O Ferreira não reagiu à última provocação. Estaria cego como o homem pássaro, ou realmente não apreciava o sexo?, perguntou-se ela.

Estavam sentados no mesmo sofá. A Ingrid decidiu tomar a iniciativa. Chegou-se a ele, poisou-lhe os braços nos ombros e perguntou:

– Queres ser o meu homem pássaro? Hoje precisava de um.

O Ferreira sorriu e deixou-se beijar. Quando ela tentou abrir-lhe a braguilha, interrompeu-a.

– É melhor irmos para o quarto. Este sofá é muito desconfortável. Parece que estamos sentados em cima de um porco gordo e irrequieto.

Dirigiram-se para o quarto de mão dada. Em vez das luzes do teto, o Ferreira acendeu as da cabeceira, ténues e avermelhadas, um adereço dos proprietários do apartamento.

– Parece que entrámos na câmara do diabo – comentou ela divertida. – E eu a pensar que estava na companhia de um anjo!

– Que gostas de ouvir? – perguntou o Ferreira ligando o aparelho de música.

– Algo relaxante.

– Nada então de *hevy-metal...*

– Não! Que exagero! Algo *New Age*, se tiveres, ou étnico. Árabe, hindu, africano...

– Tenho um CD com música aborígene. Se não gostares, posso pôr o Mozart.

– Pode ser a música aborígene.

O Ferreira introduziu o CD no leitor e começaram a ouvir-se vozes humanas num canto muito peculiar.

– Que te parece?

– Gosto – disse ela sentando-se na cama. – Muito original. E telúrico. Desperta a animalidade que há em nós e projeta-a no infinito.

– É uma boa definição – concordou ele sentando-se a seu lado.

– Onde íamos nós?

– Pois não sei. Queres recapitular?

– Terei todo o gosto em fazê-lo. Falávamos da Barbarella e do homem pássaro no ninho...

Beijaram-se novamente e o Ferreira sentiu dentro das calças um abrir de asas. A Ingrid, depois do beijo, desapertou-lhe finalmente a braguilha e acariciou as penas da ave, com muito cuidado. Quando as asas estavam já bem abertas, sem prévio aviso, como um gato ao pardal desprevenido, abocanhou-a.

O Ferreira estendeu-se na cama e ela deitou-se a seu lado, permitindo-lhe o acesso às partes íntimas. Tateando, ele constatou que as calcinhas estavam realmente molhadas. A austríaca suspirou quando sentiu os seus dedos na escorregadia entrada.

– Posso provar? – perguntou o português.

– Os anjos não comem – replicou-lhe.

– Este tornou-se demasiado humano.

A Ingrid soergueu-se um pouco, despiu-se e, de costas voltadas, numa posição cómoda para ambos, afagou a ave em pleno voo enquanto ele bebia o mar dos Alpes.

A vigília

O segundo trabalho de campo ficou agendado para daí a dois dias. Como o Ferreira tinha aulas de manhã, partiram depois do almoço. A época das chuvas estava um pouco atrasada e a tarde apresentava-se clara e quente.

Ao entrar no BMW, a Ingrid deu um beijo na face ao amigo. Não se viam desde segunda-feira de manhã, quando acordaram na cama redonda e ele a levou de volta à residência. Felizmente o porteiro não era o mesmo que os vira sair na noite anterior, ou de outro modo teria achado suspeitíssima a hora de entrada e espalhado a notícia por toda a universidade.

– Bem disposta? – perguntou o Ferreira iniciando a marcha.

– Estou ótima. A primeira semana foi bastante difícil.

– É normal. Tiveste de te adaptar.

– Sim, é verdade. Tive de me adaptar a um país desconhecido, com uma língua incompreensível, ao alojamento na residência, aos laboratórios, às pessoas, à comida... E à falta do Jörg. Felizmente encontrei um bom amigo que me tem ajudado a superar tudo isso.

O Ferreira retirou a mão do volante e passou-a pelo pescoço da amiga, numa carícia. Desde a noite com a Barbarella que andava como que pairando numa nuvem cor-de-rosa. Há muitos meses que não se sentia tão descontraído. Começava a gostar da rapariga e, o que era mais importante, não precisava de ter receio disso. Ela voltaria à Áustria, para junto do marido. Nada mais ficaria do que a amizade e bons momentos para recordar.

A noite na cama redonda foi uma aventura que muito o impressionou. Embora fosse mais nova do que ele, a austríaca tinha a sabedoria e o encanto de uma mulher madura. Sabia tudo o que havia para saber acerca da arte do amor e aplicou com denodo os seus conhecimentos, a tal ponto que ele teve de mostrar o que ainda valia como homem e como amante. O esforço valeu-lhe uma persistente dor nos quadris. Estendida na cama a seu lado, a Ingrid comentou:

– Se o Jörg soubesse...

– Estás arrependida?

– Claro que não! Nunca imaginei que uma traiçãozinha soubesse tão bem.

Esticou as pernas e os braços e deu um suspiro de gozo. Poisando uma coxa branca sobre o amante, acrescentou:

– Os teus pelos fazem cócegas.

E passou-lhe a palma da mão pelos pelos do peito como se afagasse um gato.

O Ferreira teve vontade de lhe perguntar como era com o marido, mas achou melhor fazê-lo noutra altura. Voltou-se para ela, beijou-lhe os lábios e, descendo um pouco, entreteve-se com os mamilos que estavam particularmente rijos.

Atravessaram para a margem sul do rio e, seguindo as indicações do mapa, pararam à face da estrada, algures entre Resende e Cinfães. Enquanto tirava a mochila da bagageira, bastante maior do que a anterior, a Ingrid explicou que passariam parte da noite no campo e por isso era melhor levarem um agasalho. O Ferreira sugeriu que durante a tarde andassem apenas com o essencial e, antes de anoitecer, voltassem ao carro e então sim, levariam o que fosse necessário. Tanto mais que poderiam não encontrar na zona nenhuma planta e teriam de avançar alguns quilómetros para jusante. A Ingrid não estava muito habituada a essas facilidades – quando ia para o campo, carregava tudo –, mas disse que sim e deixou metade da tralha no carro: o saco-cama, um tapete de espuma para fazer de colchão, a lanterna, a pá, um pacote de pilhas novas e um rolo de papel higiénico. Na mochila que pôs às costas deixou apenas os apetrechos científicos.

Perseguindo o cheiro a mel, conseguiram descobrir, não muito longe do local onde deixaram o carro, uma extensa faixa de pinheiros-babosos. A Ingrid ficou contentíssima e começou de imediato o trabalho.

Para se distrair, o Ferreira levou o calhamaço sobre o adultério na Inglaterra vitoriana. Sentou-se numa pedra, à sombra de um salgueiro, enquanto a amiga saltitava de planta em planta a fotografar, a recolher espécimes e amostras de solo. Ele ofereceu-se para a ajudar, mas foi dispensado. O trabalho de Botânica era para os botânicos. Se a ouvisse a gritar, então sim, precisaria de ajuda. Alguma cobra andaria por perto. Mas não apareceu nenhuma e a tarde avançou lenta e dourada.

Começou a anoitecer e o Ferreira, como ficou sem luz suficiente para continuar a leitura, juntou-se à Ingrid.

— Estas plantas têm um problema — explicou ela apontando os caules. — Nos terrenos pobres em sais minerais, retiram os nutrientes que lhes faltam dos insetos que conseguem apanhar. Mas apesar de terem insetos em abundância, parecem doentes, como se estivessem anémicas.

— Se tu o dizes... A mim parecem tão anémicas como as que vimos da primeira vez.

— Não, não! Vês esta cor do caule? Não é normal. As outras tinham uma cor mais viva. Isto pode ser causado por um fungo, ou por outra coisa qualquer. Vou ter de investigar.

— Está a escurecer — lembrou ele. — Não será melhor voltarmos ao carro? Podemos ir jantar a um restaurante. Há um a poucos quilómetros.

— Nada de restaurantes hoje! Comeremos aqui. Quero ver o que se passa durante a noite com as plantas.

— Então será melhor ir buscar as coisas ao carro.

Puseram-se a caminho. Já mal viam onde punham os pés. O português serviu-se do telemóvel como lanterna e foi à frente, apontando para o chão. A Ingrid fazia o mesmo com o seu.

De regresso ao local com todos os apetrechos, sentaram-se na pedra onde o Ferreira estivera a ler e comeram do que a austríaca levara: pão de forma, fiambre de peru, queijo magro, maçãs, laranjas, água e uma cerveja sem álcool.

A noite caíra finalmente e, enquanto comiam, observavam o céu negro pontuado de estrelas.

— Com a poluição luminosa das cidades – disse ela –, é cada vez mais raro podermos apreciar o enxame estelar.

— Gostas de olhar as estrelas?

— Gosto. Em criança, passava temporadas na casa dos meus avós maternos, na montanha. À noite, sentávamo-nos cá fora a observar o céu. O meu avô ensinou-me o nome das constelações. Aquela ali é Pégaso; abaixo é Aquário; ao lado esquerdo Carneiro e Peixes. Para norte, ao centro, é Cefeu; e logo abaixo a Ursa Menor. Quando olho o céu com todas essas estrelas a formar constelações sinto-me muito pequena. E o que é espantoso é que apenas vemos uma pequeníssima parte do que está além. Só conseguimos detetar a olho nu perto de vinte mil estrelas. No entanto, a nossa galáxia tem mais de trezentos milhões.

— A minha avó dizia que nasciam cravos nas mãos a quem se pusesse a contá-las.

— Agora deve haver computadores para fazer isso. Através dos telescópios, tiram fotografias ao espaço e introduzem-nas em programas informáticos. Desculpa, devo estar a maçar-te.

— De modo algum! São assuntos que me interessam.

— Não deves confundir ciência com ficção científica. Eu sei que és um apreciador de filmes futuristas...

— Mas também sei umas coisas de Astronomia.

— Consegues reconhecer as estrelas e as constelações?

— Algumas.

— Então vamos fazer um jogo. Eu aponto uma estrela e tu dizes o nome e a constelação a que pertence. Depois trocamos.

— Não gosto de jogar, Ingrid. Além do mais, com uma adversária como tu, não tenho qualquer hipótese.

— Este é um jogo educativo, não competitivo. O que acertar mais, tem direito a pedir um desejo.

— Enfim, vamos lá então.

A austríaca meteu o resto de pão na boca e apontou para o lado esquerdo a norte.

— Essa é fácil: Vega, na constelação de Lira.

— Muito bem! Já tens um ponto. Agora aquela.

E apontou para o lado direito a norte.

— Capela, na constelação do Cocheiro. É uma estrela quádrupla.

— Estou impressionada! Não sei se sabias que duas das estrelas que a compõem são gigantes de classe G, umas doze vezes maiores do que o nosso Sol.

— Não sabia.

— Agora vamos a uma coisa mais difícil.

Voltou-se para sul e apontou, quase a tocar os montes ao longe, três estrelas mais ou menos paralelas na diagonal.

— Parecem ser Alnitak, Alnilam e Mintaka, no cinturão de Orionte.

— É melhor não continuar mais o jogo. Eu já não me lembrava do nome da segunda — confessou ela.

— Essas três estrelas estão na posição das pirâmides de Gizé no Egipto e há quem pense que não é por acaso. Alnitak foi muito falada aqui há tempos. Um americano afirmou que foi abduzido por seres extraterrestres vindos de um planeta que circunda essa estrela.

— Que disparate, Pedro! Essa estrela são na verdade três estrelas que estão a 800 anos-luz daqui. Se existe lá um planeta com vida inteligente, os seus habitantes demorariam milhões de anos solares para cá chegarem.

— Sim, tens razão, se considerarmos que eles viajariam em naves convencionais, com propulsão combustível como os nossos aviões ou foguetões. Mas eles podem ter outras formas de propulsão muito mais rápidas.

— Para isso ser possível, teriam de viajar a uma velocidade superior à da luz. Ora, como diz Einstein, um objeto que atinja a velocidade da luz desintegra-se. Ou seja, transforma-se em luz.

– Pode haver uma forma de contornar essa dificuldade. O próprio Einstein a sugeriu: o espaço dobra-se. E se se dobra, dois pontos distantes ficariam próximos e não seria necessário percorrer toda a distância em linha reta que separa um ponto de outro.

– Sim, mas isso não passa de teoria. Ainda ninguém conseguiu dobrar o espaço,

– Pelo menos aqui na Terra. Mas uma espécie tecnologicamente mais avançada pode ter descoberto a forma de o fazer.

– Sim, pode. Se formos a pensar no mundo das possibilidades, chegaríamos bem longe.

A Ingrid pegou na garrafa de água e bebeu um pouco. Depois poisou-a ao lado e acrescentou:

– Embora seja possível a existência de planetas com vida, apesar de até ao momento não se encontrar nenhum, talvez por estarmos demasiado longe deles, todos sabemos que essa história dos extraterrestres é coisa de tontos.

– Todos sabemos? Todos quem?

– Os intelectuais, os cientistas, as pessoas informadas.

– Tu és uma pessoa informada?

– Sou.

– E que sabes acerca do fenómeno ovni?

– Ó Pedro, que pergunta! Eu sei o que todos sabem: que os ovnis não existem. E os que afirmam tê-los visto, ou são mentirosos, ou têm perturbações mentais.

– Em que dados te baseaste para chegar a essas conclusões?

– O senso comum. Não é crível que uns quaisquer prováveis seres de outros planetas andem por cá em discos voadores a raptar gente e a mutilar vacas. É um absurdo.

– Não me parece que o senso comum seja suficiente para chegar à verdade das coisas. O senso comum diz-nos que é o Sol que anda à volta da Terra. E no entanto, é exatamente o contrário. Quando eu falava de dados, referia-me a estudos sérios sobre o fenómeno.

– Nunca li nenhum. E mesmo que os lesses, não me parece

que alterariam aquilo que penso.

— Pois claro! «Não me venham com dados! Eu não vou mudar de opinião.»

— Mas porque me perguntas tudo isso? Realmente acreditas que uns homenzinhos verdes vêm cá visitar-nos?

— Não é uma questão de acreditar ou não. Tenho a mente aberta, vou lendo o que se publica sobre o assunto e, de acordo com aquilo que sei sobre Astrofísica e Astronomia, considero perfeitamente possível existir vida inteligente para além do nosso planeta e, assim sendo, esta ser capaz de viajar no espaço e vir visitar-nos.

— Tudo isso é muito lógico. Mas há um problema. Tirando os testemunhos dos que afirmam ter visto, onde estão as provas materiais?

— Não faltam provas. E se as desconheces, sugiro que leias algo sobre o assunto. Quanto aos testemunhos, será que devemos considerá-los todos de crédito nulo? Não haverá ninguém normal que tenha relatado honestamente o que viu?

— É provável que haja gente séria. Mas essa terá mesmo visto uma nave de outro planeta? Não seria apenas um balão atmosférico, um avião, um cometa, um meteorito ou outro qualquer fenómeno atmosférico?

— Há muitos casos assim. Mas há outros para os quais não há explicação lógica. E dou-te um exemplo: no dia 13 de outubro de 1917 em Fátima, cinquenta mil pessoas viram o Sol a dançar. Houve quem o descrevesse como um disco de prata fosca que andou às voltas pelo local.

— Como pode isso ser? O Sol não anda. Ou pelo menos não anda dessa forma.

— Pois não. E no entanto as pessoas afirmaram que o viram a fazer piruetas. Estariam todas alienadas? Ou o que viram não era o Sol, mas outra coisa? Se lermos as descrições da época, publicadas em jornais e revistas, a descrição do fenómeno é muito semelhante à de discos voadores que encontramos na atualidade. Ora, em 1917, o conceito de disco voador tripulado por seres extraterrestres ainda não estava enraizado. Eu compreendo o teu ceticismo. É difícil aceitar um fenómeno que está para lá dos nossos conhecimentos científicos atuais. A tendência das pessoas informadas, como tu lhes chamas, é de negar toda e qualquer evidência. Os académicos do tempo de Galileu, observando pela luneta as montanhas da Lua, achavam que não podia ser, pois toda a gente sabia que a Lua era lisa e polida como o mármore e que essas pretensas montanhas se deviam a uma deficiência nas lentes.

A Ingrid já não sabia o que dizer. O Jörg também acreditava naqueles disparates. Dizia que a terra andava a ser vigiada pelos Grays, uns homenzinhos com cabeça de pêra vindos de um planeta da estrela Zeta Reticuli. Nunca lhe deu grande importância. Aprendeu a respeitar as convicções de cada um em matéria de religião, política e desporto.

– Queres uma maçã? – perguntou.

– Sim, obrigado.

Com a diatribe tinham-se esquecido do jogo e do desejo que o vencedor tinha direito a pedir. Arrumaram o que sobrara do piquenique e a Ingrid preparou-se para iniciar a investigação noturna. Pediu o auxílio do Ferreira. Enquanto ele segurava a lanterna, ela ia observando as plantas e identificando os insetos que iam ficando presos. A luz atraiu a bicharada das redondezas e começou a distorcer os dados.

– Não podemos manter a lanterna acesa – concluiu ela.

– Mas assim não consegues ver.

– Vamos ligá-la apenas durante cinco segundos, o tempo suficiente para eu ver o que se passa. Desse modo, a luz terá menos impacto. Quando eu disser *já*, tu ligas a lanterna, contas até cinco e desligas, OK?

– OK.

– Andaram nisto até cerca da meia-noite. Quem olhasse para ali, vendo uma luz a acender e a apagar, cuidaria que eram almas penadas ou fantasmas do rio.

O Ferreira começou a bocejar e a Ingrid sentia dores nas pernas devido à posição em que se mantinha sobre os joelhos dobrados. Acharam por bem fazer uma pausa. Como só havia um saco-cama, meteram-se ambos nele depois de se descalçarem e despirem os casacos.

Com o rosto próximo do da amiga, o Ferreira beijou-lhe o nariz. A Ingrid sorriu e lembrou que, tendo acertado nas perguntas sobre as estrelas, ele tinha direito a pedir o desejo.

— E tem de ser oralmente? Não posso apenas pensar nele?

— Então fecha os olhos e pensa. Talvez eu consiga adivinhar.

Ele fechou os olhos e a Ingrid beijou-o na boca. O beijo acendeu-lhes um fogo abrasador e foi com bastantes dificuldades que conseguiram apagá-lo, pois o saco-cama não permitia grandes movimentações. Aconchegados um no outro, adormeceram, indiferentes à humidade do rio.

Passava das duas horas da manhã quando, apercebendo-se de luzes próximas, a Ingrid abanou o amigo.

— O que é? — perguntou ele estremunhado?

— Vem aí alguém.

Soergueram-se ambos e olharam as luzes que se aproximavam lentamente.

— Meu Deus! — exclamou o Ferreira.

— O que será?

Ele não respondeu. Estava petrificado. Eram os *aliens* e os dois estavam totalmente à sua mercê.

Antes que conseguissem desenvencilhar-se do saco-cama, viram à sua frente dois vultos a apontar focos de luz.

— GNR! — disse um deles. — Façam o favor de se identificar.

O Ferreira estava sem calças e achou melhor ficar dentro do saco-cama. A Ingrid estava também em pelo da cinta para baixo e não teve outro remédio que deixar-se também ficar.

— Sou o professor Marco Túlio Ferreira da Universidade D. Dinis e esta é minha colega. Estamos em trabalho de campo.

– Trabalho de campo?! – exclamou o chefe da patrulha num tom escarninho. – Grande trabalho, sim senhor! É a desculpa mais esfarrapada que ouvi até hoje.

O Ferreira estendeu o braço e apanhou o casaco onde procurou a carteira. Tirou o bilhete de identidade e o cartão universitário e estendeu-os ao guarda.

– Pode-se saber – disse este enquanto observava os documentos –, o que fazem aqui?

– Já lhe disse. Estamos em trabalho de campo.

– E que trabalho é esse, já agora?

– Pesquisamos plantas carnívoras.

– Plantas carnívoras? – repetiu o guarda. E voltando-se para o colega, perguntou: – Que te parece, ó Neves?

– Parece-me que estes gajos estão a gozar com a autoridade.

– A mim também me parece – conjeturou o chefe da patrulha. – Ora muito bem. Os senhores vão fazer o favor de nos acompanhar até ao posto da GNR.

– E posso saber porquê? – perguntou o Ferreira a perder a paciência.

– Pode: invasão de propriedade alheia, atentado ao pudor e desrespeito à autoridade. Vamos a despachar, que não temos a noite toda!

O posto

Como não estava em condições de dar as aulas da manhã, o professor Marco Túlio Ferreira mandou os alunos para a biblioteca investigar sobre dois temas: a introdução da imprensa em Portugal e a censura. Dos mais de oitenta alunos que tinha, apenas meia dúzia cumpriu a ordem. Os restantes entretiveram-se a praxar os caloiros recém-chegados. Bem os viu à entrada do edifício, mas ignorou-os. As infantilidades humilhantes a que os mais velhos submetiam os mais novos e a que estes, como cordeiros, se deixavam submeter, indignavam-no. Eram, em regra, os maus alunos que se dedicavam a essas práticas medievais, práticas que espelhavam a sociedade atual, tecnologicamente evoluída, mas cuja mentalidade se mantinha obtusa e tribal, exigindo rituais de iniciação que passavam pela violência física e psicológica. Algumas tribos africanas e ameríndias golpeavam os neófitos na cara, nos braços ou nas costas, cortavam o prepúcio aos rapazes e o clítoris às raparigas. Ou obrigavam-nos a lançar-se de uma árvore com uma corda atada à cinta, a furar o nariz com um pau e outras coisas ainda mais estúpidas. Em Portugal carimbavam os caloiros na testa com dizeres insultuosos e obrigavam-nos a ajoelhar, a simular sexo oral e a gritar: «Nós somos burros!»

O professor meteu-se no gabinete depois de dez minutos de aula e telefonou ao advogado que lhe tratara do divórcio. Precisava dos seus serviços.

Ele e a austríaca passaram o resto da noite no posto da GNR. Os dois tipos fardados, depois de lhes interromperem o sono, obrigaram-nos a acompanhá-los. O Ferreira pediu que se voltassem, para ele e a amiga poderem sair do saco-cama e vestirem-se. Os guardas hesitaram, pois era contra as normas de segurança. Um agente nunca deveria voltar as costas ao perigo. Mas perante tanta insistência e temendo que não se resolvia o impasse sem violência, lá se voltaram, muito a contragosto.

Malgrado o Ferreira argumentar que o carro estacionado na berma lhe pertencia e o melhor era seguirem nele, o chefe da patrulha, com receio de que fugissem, foi inflexível: tinham de acompanhá-los no jipe até ao posto. Nem sequer permitiram que deixassem a tralha no carro. Tinham de a levar, para ser convenientemente inspecionada, não fosse conter substâncias alucinogéneas proibidas. O que seria ouro sobre azul, pois a patrulha nunca lograra apanhar passadores de droga com a mão na massa.

Já no posto, foram presentes ao sargento de serviço, que os interrogou como se fossem dois perigosos delinquentes.

– Recebemos à meia-noite e quarenta e três minutos – declarou – um telefonema de uma pessoa devidamente identificada que nos deu conta de luzes e movimentos suspeitos junto ao rio. Que estavam os senhores ali a fazer?

– Já expliquei aos outros guardas – replicou o Ferreira – que somos investigadores da Universidade D. Dinis e estávamos a fazer uma pesquisa.

– Que tipo de pesquisa?

– Pesquisávamos plantas.

– Plantas? Então quer dizer que andavam a estudar plantas junto ao rio Douro... de noite!

– São plantas muito especiais. Mas não me parece que tenhamos de dar-lhe explicações acerca disso. Tanto mais que não as entenderia.

– Talvez os senhores *doutores* – e pronunciou esta palavra com desprezo – se considerem mais espertos do que nós, pobres guardas ignorantes. Mas o problema é que toda essa história é muito suspeita.

– Não vejo em quê. Vivemos num país livre e não me parece que tenha de lhe dar satisfações sobre o que faço ou deixo de fazer. Esta detenção é ilegal e pode ter a certeza de que você e os seus colegas responderão por isso.

– Está-me a ameaçar?

– Estou a dizer-lhe que sei muito bem quais são os nossos direitos e que vocês não têm nenhuma razão válida para nos deterem.

– E quem lhe disse que não temos? Invasão de propriedade – proferiu enumerando pelos dedos –, atentado ao pudor, desrespeito à autoridade... Quer mais?

– Mas alguém se queixou de lhe invadirmos a propriedade? Se não se queixou, essa acusação não tem qualquer fundamento. Além do mais, as margens dos rios são terrenos baldios ou de livre acesso. Quanto ao atendado ao pudor, estando eu e a minha colega a dormir num local ermo, não vejo que importância isso tem. Não sei se sabe que espiar as pessoas também é crime.

– Lata não lhe falta!

– Quanto à última acusação, se alguém desrespeitou alguém, foram vocês, que até ao momento nos têm tratado de um modo pouco próprio.

– E a sua colega, que tem a declarar?

– A minha colega é estrangeira e não percebe uma palavra do que estamos para aqui a dizer. E ainda bem que é assim. Seria uma vergonha que fosse depois para o país dela contar o que aqui se está a passar.

– Então ela é estrangeira? E tem documentos? Passaporte?

O Ferreira voltou-se para a Ingrid e perguntou-lhe se tinha alguma identificação. Ela explicou-lhe que estava na mochila apreendida quando entraram no posto.

– Neves! – gritou o sargento para a porta. – Traz cá a mochila destes gajos.

O cabo Neves apareceu com a dita mochila que colocou ao lado da secretária.

– Abre e vai tirando tudo o que tiver dentro.

O subalterno cumpriu a ordem. Retirou os restos do piquenique, as garrafas de água quase vazias, a máquina fotográfica, o rolo de papel higiénico, umas luvas de borracha que a Ingrid utilizava para manipular as plantas, uma carteira, e por fim várias saquinhas plásticas com pinheiros-babosos e amostras de solo.

– Tem aqui umas ervas e um produto escuro – avisou o cabo.

– Ora mostra cá.

O sargento abriu umas das saquinhas com uma amostra de solo e meteu-lhe o nariz dentro.

– Esta merda cheira a terra.

Depois fez o mesmo com uma contendo as plantas.

– Tem um cheiro adocicado.

– Será droga? – perguntou o subalterno.

– É mais que certo.

– Droga?! – exclamou o Ferreira sem querer acreditar na estupidez dos agentes da autoridade. – Isso são plantas carnívoras.

– Plantas carnívoras? Mas pensa que somos parvos, ou quê? Neves, mete-me estes gajos na pildra! Um em cada cela, para não haver misturas. Amanhã serão presentes ao juiz da comarca.

O Ferreira ainda quis protestar. Foram os dois empurrados pelo cabo e pelo outro guarda que entretanto acorreu, que os guiaram até aos calabouços, na cave do posto.

No dia seguinte pela manhã, passavam nove minutos e trinta e oito segundos das oito, soltaram-nos sem qualquer explicação. O Ferreira exigiu falar com o sargento. O guarda, que eles não conheciam, disse-lhes que já não estava de serviço. Saíra antes das oito. Tinha recebido ordens diretamente do comandante do batalhão para os libertar. Que o melhor era irem andando e esquecerem o incidente.

– E o juiz? Tínhamos de ir ao juiz esta manhã.

– Esqueçam, já lhes disse. A queixa foi arquivada.

E empurrou-os para fora do posto.

Os dois amigos viram-se no meio da rua bastante confusos. A Ingrid sugeriu que apanhassem um táxi para os levar ao local onde deixaram o carro. Olharam à volta e não viram nenhum. A localidade estava bastante sossegada.

– O melhor será procurarmos um café aberto, tomar o

pequeno-almoço e perguntar onde poderemos arranjar um táxi.

Não encontraram nenhum café aberto, mas descobriram dois táxis numa praça. Entraram no primeiro e, cerca de quinze minutos mais tarde, chegaram ao local onde tinham deixado o BMW. Partiram de imediato, pois o Ferreira tinha aulas às nove e trinta.

Durante a viagem, trocaram impressões acerca do que lhes acontecera. A Ingrid estava habituada a ser abordada pelas forças policiais, que na Áustria eram bastante importunas, sobretudo com gente nova que andava de mochila às costas e acampava. Mas os agentes eram quase sempre corretos e, feita a ronda, deixavam as pessoas em paz. Aquilo por que passou em Portugal foi pavoroso. Ela nunca tinha sido presa. Mas ser presa por não ter feito nada contra a lei é que mais a chocava.

— Em Portugal — comentou o Ferreira — todos somos suspeitos. É uma velha mania que vem dos tempos da Inquisição. Como somos todos suspeitos, não há gente inocente até prova em contrário. E se estávamos num local ermo àquela hora da noite, não seria, aos olhos das forças de segurança, por uma boa e justa razão.

— Falaste com o chefe. O que disseram um ao outro?

— Expliquei-lhe o que fazíamos ali. Mas ele não acreditou. É um bruto. Não o censuro. Foi assim que o treinaram. Pensou que as amostras do pinheiro-baboso eram droga e a prova evidente de que estávamos a fazer alguma coisa ilegal. Com esse argumento, podia-nos deter. E foi o que fez.

— Mas o que aconteceu entretanto para nos libertarem?

— Isso não sei. O sargento que nos interrogou deve ter comunicado ao comandante do batalhão, na Régua, a ocorrência. Presumindo que o comandante seja um tipo mais esclarecido, deve ter ordenado ao sargento para nos libertar esta manhã. Talvez tenha percebido que era uma insensatez a detenção de um professor universitário e de uma cidadã austríaca, sem provas fundamentadas de terem cometido algum crime. Uma coisa era prender um passador de droga; outra pessoas sem cadastro e ainda por cima ligadas à universidade.

– Mas então e as plantas que eles pensavam ser droga?

– Qualquer agente minimamente informado saberia distinguir as ervas alucinogénias mais comuns. Devem ter entretanto percebido que o pinheiro-baboso, apesar do cheiro, não era nenhuma das espécies conhecidas. Enfim, tudo isto são especulações. Vou telefonar ao meu advogado e expor-lhe o caso.

– Deveríamos processá-los.

– Para quê? Não vale a pena. É a nossa palavra contra a deles. Não temos testemunhas e, para não ficarem mal, poderão argumentar que encontraram na mochila alguns gramas de haxixe.

– A forma como nos trataram não foi correta. Podemos exigir que sejam castigados ou suspensos das funções.

– Isso nunca aconteceria. Há casos em Portugal mais que comprovados, em que os guardas agrediram os detidos, nalgumas situações chegaram mesmo a matá-los, e nada lhes aconteceu. Estou a lembrar-me de dois casos: no primeiro, agrediram um assaltante que apanharam e o desgraçado acabou por morrer devido aos maus tratos na esquadra. Para encobrir os indícios do crime, cortaram-lhe a cabeça e esconderam-na. Depois alegaram que o deixaram na prisão durante a noite e que na manhã seguinte apareceu degolado. No outro caso, interrogaram uma senhora acerca do desaparecimento da filha. Para a obrigarem a falar, agrediram-na na face e na cabeça. Os agentes alegaram que ela tinha caído abaixo das escadas.

– Que horrível! Onde é que aprenderam tais práticas?

– Oh! Temos uma longa tradição de tortura e violência. Desde o século XVI, pelo menos, que usamos o chicote, a cadeira de pregos, a polé e o torniquete. A polícia portuguesa está na lista negra da Amnistia Internacional.

– Não sabia. Eu pensava que Portugal era um país seguro.

– Aqui é mais perigoso cair nas mãos da polícia do que nas dos criminosos.

– Não voltarei a sair à noite.

– Também não é caso para isso. Mas terás de cancelar os

trabalhos de campo à noite. As pessoas não estão habituadas a ver desconhecidos por aí a rondar. Quando eu era miúdo, lembro-me de aparecer no bairro um sujeito de gravata com um cartão na lapela e uns papéis na mão. Devia ser do Instituto Nacional de Estatística e foi ali mandado para fazer um inquérito. As pessoas batiam-lhe com a porta na cara e chegaram a telefonar à polícia, que se dirigiu lá e interrogou o homem. Há duzentos anos atrás, linchavam-no.

— Talvez não seja necessário mais nenhum trabalho de campo noturno. Contentar-me-ei com os dados já recolhidos.

— Peço-te muita desculpa pela forma como foste tratada.

— A culpa não foi tua. Foi daqueles brutos. Estou a pensar apresentar um protesto junto da Embaixada da Áustria. Que te parece?

— Não sei. Provavelmente não acontecerá nada. Os políticos abafarão tudo e o mais certo é nem sequer te responderem. Ou então argumentarão que não tinhas autorização para fazer investigações científicas no terreno.

— Autorização?

— Do Ministério da Agricultura ou do Instituto da Conservação da Natureza. Se queres realmente fazer alguma coisa que chateie os tipos que nos importunaram, o mais indicado é contactar os meios de comunicação social. Em dois ou três dias, criarão um escândalo.

— Ah!, não. Isso não. A notícia poderia chegar à Áustria. Os meus pais, os meus amigos, o Jörg, haveriam de querer saber o que estava eu a fazer durante a noite num descampado com outro homem.

— Fazias trabalho de campo.

Tinham chegado à cidade e a Ingrid pediu que a deixasse na residência. Não iria aos laboratórios durante a manhã. Precisava de um banho e de descansar um pouco. Ligava-lhe durante a tarde.

O Ferreira rumou para a universidade. Encontramo-lo de momento a conversar com o advogado pelo telefone. Explicou-lhe o causídico que, uma vez que não houve violência física, não aconselharia a apresentação de queixa contra os agentes da GNR. Tirando uma noite um tanto agitada com algumas horas atrás das grades, ninguém saíra ferido. Tudo não passava de um mal-entendido por parte dos guardas, causado por algum excesso de zelo profissional. De qualquer forma, ele telefonaria ao comandante do batalhão e apresentaria um protesto, para ele fazer perceber aos homens que nem tudo o que parece é e para terem mais cuidado e ponderação na forma como lidam com as pessoas em situações aparentemente anormais ou irregulares.

O professor agradeceu e desligou. Concluiu que uma noite, ou uma parte da noite, na cadeia ninguém lha tirava. Mas como de tudo nesta vida se pode colher algum proveito, mesmo daquilo que aparentemente não o tem, pensou que talvez o incidente lhe servisse de lastro para algum conto do novo livro que andava emperrado por falta de tema e inspiração. Havia quem escrevesse sobre nada, enchendo tijolos de prosa. Ele não era capaz.

Passou a mão pelo queixo e sentiu a barba como lixa. Precisava de ir para casa tomar um banho e pôr-se decente. Levantou-se da cadeira e saiu do gabinete. No corredor encontrou o Licínio, que lhe pediu um minuto.

– Hoje, não. Estou com pressa – desculpou-se.

O outro ficou pasmado. Era a primeira vez que via o professor Marco Túlio Ferreira com a barba por fazer, o cabelo revolvido como se tivesse dormido em cima de uma tábua e as calças e os sapatos salpicados de lama. Que lhe teria acontecido? Depois lembrou-se que talvez o colega tivesse ido no dia anterior a uma vindima e não tivera tempo de se arrumar convenientemente.

Antes de sair do edifício, o Ferreira ainda foi ver o cacifo. Encontrou diversas convocatórias e uma carta da irmã Rafaela. Foi para o carro e arrancou.

Enquanto preparava um banho no jacúzi, serviu-se de um pouco de licor *Levanta o Pau*. Lembrou-se da carta e, antes de se despir e meter na água, foi buscá-la ao aparador do *hall* onde a tinha poisado com os outros papéis ao entrar no apartamento. Gostava de ler enquanto relaxava. Despiu-se e entrou na banheira. Alguns minutos depois limpou as mãos a uma toalha e abriu a carta. O subscrito era pequeno, mas dizia muito: «Caro professor, li novamente os inquéritos feitos aos pastorinhos e preciso muito de falar consigo. Pode vir a Fátima no dia 13 de outubro? Eu sei que é pedir muito a uma pessoa tão ocupada e com tantas responsabilidades. Mas seria importante para mim. O Sol espera por si. Rafaela Marques.»

O milagre do Sol

As chuvas de outubro desabaram quatro dias depois do incidente junto ao rio Douro. Marco Túlio Ferreira gostava de se postar a uma janela a ver as águas inundarem as ruas. Mas quando tinha de conduzir, preferia os dias enxutos. Sofrera uma vez um despiste por causa do piso molhado, sem grandes consequências para além de algumas amolgadelas no carro por ter raspado num muro. Dessa altura ficara-lhe o receio e evitava fazer grandes viagens em dia de chuva. Foi por isso com grande apreensão que no dia 13 de outubro retirou o carro da garagem e se pôs a caminho de Fátima.

Tinha telefonado à Ingrid a convidá-la para o acompanhar, mas ela recusou. Desde a manhã em que a tinha deixado na residência após a noite no posto da GNR que andava a evitá-lo. Ou pelo menos assim lhe pareceu. Ainda tentou convencê-la com o argumento de procurar na serra Daire alguma planta carnívora. Ela explicou-lhe que tinha muito trabalho no laboratório. Queria descobrir por que razão alguns dos exemplares que recolheu estavam com um aspeto tão doentio.

Não precisou de arranjar mais desculpas. O professor desejou-lhe bom trabalho e desligou. Não era seu hábito insistir demasiado num convite quando percebia que a pessoa não estava interessada em aceitar. E se estivesse só a fazer-se de rogada, paciência.

Chegado a Fátima, teve alguns problemas para estacionar. A peregrinação desse dia era sempre muito concorrida. Felizmente parara de chover. Deixou o carro quase a dois quilómetros do santuário e juntou-se aos milhares de peregrinos e curiosos que se dirigiam para o recinto onde se celebraria a missa campal.

Ainda não sabia como encontrar a irmã Rafaela. Considerou que o mais sensato seria procurá-la na congregação. Mas achou melhor não o fazer, para evitar ter de dar satisfações às freiras. Se não a encontrasse, seria o último recurso.

Andou às voltas, ora empurrando, ora pedindo licença para avançar por entre a chusma de fiéis que ouviam a missa. Chegou mesmo a interpelar uma freira cuidando que era ela.

– Desculpe, pensei que era outra pessoa – disse quando a religiosa se voltou e o encarou.

Por altura da homilia, perto da capela das aparições, olhou a multidão com desconsolo. Apeteceu-lhe gritar o nome da freira. Mas, além de não ser próprio, a sua voz seria totalmente abafada pelo burburinho e pela voz amaricada do cardeal italiano que se fazia ouvir através do sistema sonoro e que discorria contra o casamento *gay*, causa da dissolução da família tradicional.

De repente, lembrou-se da última frase da carta: «O Sol espera por si.» Tinha interpretado a frase como se fosse uma mensagem relativa à iluminação interior e à descoberta da verdade. Mas o que ela provavelmente queria dizer era que estaria à sua espera na Igreja da Santíssima Trindade, que simbolizava o Sol. Nada como ir verificar. Com mais encontrões e pedidos de desculpa, aproximou-se da igreja e entrou. Na enorme sala com milhares de cadeiras dispostas em semicírculo, viam-se algumas velhotas a descansar. Na terceira fila a contar do altar, descobriu uma freira sentada. Seria ela? Desceu a rampa e voltou à esquerda com intenção de passar pela sua frente para confirmar. A freira, no entanto, voltou-se um pouco, alertada pela aproximação de passos, e ambos se reconheceram. O Ferreira retrocedeu três filas e sentou-se a seu lado.

– Bom dia, irmã.

– Bom dia. E parabéns. Encontrou o Sol.

– Foi um pouco difícil. O céu hoje está muito nublado.

– Pensei que já não vinha.

– Está a perder a fé?

– Claro que não! Fico muito contente por ter feito este sacrifício por mim. Sei o quanto lhe deve ter custado. Deverá no entanto lembrar-se das milhares de pessoas que largaram os seus empregos, os seus afazeres, as suas responsabilidades, para estarem hoje aqui a rezar.

— E a ouvir os disparates do cardeal italiano.

— As pessoas não vieram cá pelo cardeal. E o professor como está?

— Tirando que fui preso há alguns dias atrás, estou bem.

— Preso?! – exclamou a freira.

— Foi um mal-entendido. Depois conto-lhe os pormenores, se tivermos tempo.

— De facto, não dispomos de muito tempo. Tenho de voltar à congregação depois da missa.

— A madre superiora não sabe que está comigo?

— Não é conveniente que saiba.

— Porquê?

— Eu sou uma freira. Não é costume as freiras terem conversações com homens, além do confessor e do diretor espiritual.

— Mas da outra vez...

— Foi uma exceção. O irmão precisava de ajuda. Depois de lhe enviar a carta, fiquei com algum temor que fosse à congregação perguntar por mim. Isso seria muito suspeito aos olhos da madre superiora.

— A irmã não tem nada a esconder. Ou tem?

— As freiras não entenderiam. Poderiam pensar que eu ando a violar o voto de castidade.

— E anda? – perguntou o Ferreira com malícia.

— Não ando – respondeu ela com humildade. – As freiras, como lhe digo, não compreenderiam. Além disso, preciso de ter cuidado com o que escrevo nas cartas.

— Violação de correspondência?

— Presume-se que numa comunidade religiosa não há segredos.

— Boa maneira de justificar o desrespeito pela privacidade, um direito que todos temos, religiosos ou não.

— Quando fiz os meus votos, de pobreza, obediência e castidade, as leis e os direitos civis deixaram de ter em mim efeito. Pelo menos dentro do convento.

– Ser pobre não custa muito. Mas ser obediente e casto é bem mais difícil.

– Não, se estivermos na graça de Deus.

– E a irmã Rafaela está?

– Não estou. E por isso é que lhe pedi que viesse.

– Não seria melhor conversar com o seu diretor espiritual? Eu sou um homem do mundo, pouco à vontade com as coisas santas.

– Sabe mais do que quer fazer crer.

– Perdemos tempo, irmã. A missa já deve estar no ofertório.

– Pois sim. Agradeço-lhe a disponibilidade para deixar os seus afazeres e vir aqui. Fico-lhe muito grata. Reli os inquéritos aos pastorinhos, como me recomendou. Comecei finalmente a perceber que há distorção dos factos ocorridos em Fátima em 1917. Não sei se a Igreja se aproveitou. Gostaria de acreditar que não. Eu desconheço o que realmente se passou. Mas neste momento sei o que não se passou. E isso abalou-me muito. Nas nossas conversas, fui-me apercebendo de que o irmão conhece a verdade e gostaria que ma dessa a conhecer. Ou pelo menos fornecer-me alguma pista para eu a procurar.

– A verdade, irmã, é sempre relativa.

– Dois mais dois são quatro. Que relativismo há nesta verdade?

– Isso é a verdade matemática. Mas há a verdade filosófica, que é opinativa. E é por ela que me pergunta. O que lhe posso dizer sobre Fátima não passa de uma perspetiva, nem melhor nem pior do que qualquer outra.

– Não diga isso! Há perspetivas erradas, desfocadas ou distorcidas, devido à má interpretação dos factos, por ignorância, conveniência, ou porque queremos que as coisas sejam como nós gostaríamos que elas fossem.

– Então a irmã sabe mais sobre a verdade do que eu.

– Como pode dizer tal coisa? O irmão é um professor universitário, um investigador. Eu sou uma pobre freira.

O Ferreira ia ripostar, mas ficou em silêncio a olhar o enorme painel dourado do altar com o Cristo ao centro.

— É uma imagem espantosa, não é? — comentou a freira. Fez uma pausa e continuou: — Em seu entender, o que aconteceu aqui em 1917?

— Ainda não descobriu?

— Se tivesse descoberto, não lhe teria pedido para vir.

— Eu poderia escrever-lhe uma carta.

— As cartas podem ser intercetadas.

— E tem medo disso?

— Seria injusto que por causa de uma carta me acusassem de violar o voto de castidade.

— Mas tem medo de quê, Rafaela? Que as freiras a censurem? Que a expulsem da congregação? O mundo é muito mais interessante cá fora do que lá dentro.

— Chamou-me apenas *Rafaela*...

— Desculpe. Não quis faltar-lhe ao respeito. Mas isto de nos tratarmos por irmãos amola-me. Eu tenho uma irmã e trato-a por Diana e ela a mim por Marco.

— Trate-me então por Rafaela se lhe agrada. Eu, contudo, terei de manter o *irmão*, como mandam as regras. O tempo escasseia... Deverei estar na congregação dez a quinze minutos depois da missa.

— E se não estiver, o que acontece?

— As freiras ficarão preocupadas. Teria de arranjar uma boa desculpa por chegar tarde.

— E se viesse comigo?

— Se eu fosse consigo?

— Deixar o convento e acompanhar-me.

— Gostaria mesmo que eu o acompanhasse?

— Não sei. Foi uma ideia que agora me ocorreu. O meu carro está a dois quilómetros daqui. Dois quilómetros para a liberdade.

– Liberdade? Eu sou livre, irmão.

– Uma pessoa que tem de falar com outra às escondidas, receia que lhe violem a correspondência e teme chegar tarde a casa não é propriamente livre.

– E se eu fosse consigo, o que faria?

– Poderia levá-la onde a Rafaela quisesse. À casa da sua família, por exemplo.

– Não me parece sensato. Quando eu quero ir à casa da minha família, telefono ou escrevo a avisar e depois apanho um autocarro. Como vê, não sou uma prisioneira. Mas afastamo-nos mais uma vez da questão que lhe coloquei: O que aconteceu aqui em 1917.

– Já que tanto insiste, dar-lhe-ei a minha visão dos factos. Peço-lhe para a considerar, não como a verdade absoluta, mas como uma explicação possível.

– Certamente o farei.

– Não vou repetir-lhe aquilo que já conhece. É preciso olhar para a história dos pastorinhos de uma forma diferente. A fé, a crença, não ajudam a ver com clareza. O que aqui se passou não tem nada a ver com religião. Foi interpretado como tal pelo povo e depois pelo clero, uma vez que não havia outra explicação que fosse lógica na época. Maria, a mãe de Jesus, não apareceu aqui. Como não apareceu em nenhum outro lugar.

– Mas então La Salette, Lourdes, a Senhora da Aparecida no Brasil...

– Tudo isso são manifestações do mesmo fenómeno.

– Que fenómeno?

– Ufológico.

– Ufológico?

– Extraterrestre.

– Que me diz? Que Nossa Senhora é um ser extraterrestre? Isso é mais absurdo do que...

Mas não continuou.

– Sim, diga: mais absurdo do que acreditar que a mãe de Jesus anda por aí a aparecer.

– As pessoas sensatas não acreditam em extraterrestres.

– As pessoas sensatas acreditam em muitos disparates: em milagres, na virgindade de Maria, na ressurreição dos mortos, nos espíritos, nos fantasmas, no mau-olhado, na astrologia e até que Maria apareceu em Fátima.

– Está a misturar coisas muito diferentes.

– Para a ciência, pertencem à mesma classe: são mitos e superstições.

– Mas porque pensa que Fátima tem a ver com extraterrestres?

– Porque é essa a conclusão que se tira ao ler os documentos da época, sejam eles os inquéritos, sejam os artigos e as notícias publicados nos jornais e revistas.

– Tem de ser mais específico.

– Há duas coisas importantes que ocorreram em Fátima: uma é a aparição às três crianças de uma pretensa senhora; a outra é o chamado milagre do Sol. Ora, é nelas que está a chave de tudo. Não é de crer que a tal senhora fosse a mãe de Cristo, não só por razões teológicas que nem me atrevo a discutir, mas sobretudo por razões científicas. Por outro lado, sabendo nós que o Sol não anda por aí a dançar como as pessoas afirmaram ter visto, das duas uma: ou tiveram uma ilusão ótica coletiva, ou viram qualquer coisa inusual e deram testemunho dela. Se viram qualquer coisa inusual, então perguntar-se-á o que foi. Há que deixar falar os testemunhos. E eles são bastante claros. Talvez não o fossem para a época, por falta de referências.

– Estou perdida, irmão – disse a freira levantando os braços em desalento.

O Ferreira teve de mudar de discurso. A casuística era um caminho traiçoeiro que nem sempre contribuía para o esclarecimento.

– Imagine que algures no espaço existe um planeta habitado por seres inteligentes e tecnologicamente mais avançados do que nós.

– Eu posso imaginar. Mas não significa que acredite que isso seja possível. Supondo que esse planeta existe e que os seus habitantes pudessem vir até cá: Quais seriam os seus propósitos? E se foram eles os responsáveis pelo que aconteceu em Fátima, porque decidiram contactar três crianças ignorantes? Poderiam ter ido a Lisboa falar com os políticos.

– Apenas conhecemos o que a Senhora terá dito aos pastorinhos. O resto são especulações.

– Mas o que vieram aqui fazer, no meio da serra?

– Eu chamar-lhe-ia um estudo sociológico. Eles vieram cá estudar-nos. No dia 13 de outubro de 1917 estavam aqui cinquenta mil pessoas de todas as classes sociais. Era um ótimo momento. Se é que foi esse o motivo que os trouxe cá. Poderia ter sido outro.

– E a Senhora que os pastores afirmaram ter visto? Apesar de estarem outras pessoas presentes a partir da segunda aparição, nunca ninguém viu nada.

– Em meu entender, ou era uma projeção holográfica, ou uma imagem só visível depois de os espetadores ingerirem um qualquer composto químico. Como se faz com algumas análises clínicas. Os três miúdos, tendo em conta o que a Lúcia escreveu nas suas *Memórias*, tiveram um encontro com um anjo em 1916 que lhes deu a comunhão. Seria mesmo um anjo e o que lhes deu era realmente a comunhão? Ou foi um ser extraterrestre que os preparou quimicamente para o que se seguiria?

– Tudo isso é muito perturbador.

– Rafaela, alguém preparou o que aqui ocorreu em 1917. A ideia de que foram alguns membros do clero que o fizeram, numa reação à secularização levada a cabo pela Primeira República, é infundada, assim como a tentativa de explicar o sucedido através de fenómenos naturais. Não há fenómenos naturais que expliquem o Sol a dançar. Primeiro porque o Sol não dança e segundo porque o que dançou foi um disco de prata fosca descrito pelos jornalistas, o veículo que alegadamente transportou a Senhora, como afirmou um padre que aqui esteve. Ele percebeu de forma clarividente o que aqui se passou, exceto num pormenor: a passageira do veículo não era a mãe de Cristo. Considerando a capacidade tecnológica da época, quem encenou e preparou o grande milagre não poderia ser humano.

– E se não era divino...

Do exterior veio de súbito o bruá da multidão que debandava. A missa terminara. A irmã Rafaela olhou o relógio de pulso e disse:

– Tenho de ir.

– Posso convidá-la para o almoço?

Ela ergueu-se da cadeira, passou as mãos no hábito para endireitar as pregas e replicou:

– Não é conveniente. E o irmão onde vai comer? A não ser que tenha trazido farnel, será muito difícil arranjar mesa num restaurante com todos esses peregrinos por aí.

– Não trouxe farnel, mas estou com fome. E a Rafaela também deve estar. Venha daí. Vamos a um dos restaurantes do outro lado da estrada. Se tiver muita gente, esperamos. Quando voltar à congregação, diga que encontrou um grupo de peregrinos da sua terra que a convidaram para almoçar.

– Mentir é pecado.

– Então não minta. Diga que se encontrou comigo e que eu a levei a um restaurante.

A irmã Rafaela sorriu.

– Podemos ir comer à cantina do Centro Pastoral Paulo VI – lembrou ela. – Eu conheço as funcionárias.

Saíram da igreja pela porta lateral esquerda e atravessaram o túnel em direção ao Centro Pastoral. Grupos de peregrinos estendiam mantas e toalhas debaixo dos chaparros e instalavam-se com o farnel.

Junto à cantina estava uma longa fila de escuteiros que se encontravam hospedados no Centro e que faziam trabalho de voluntariado durante as cerimónias. Juntaram-se a eles. Quinze minutos depois, aproximaram-se do balcão. A funcionária que recebia as senhas reconheceu a freira e, depois da troca de cumprimentos, esta perguntou-lhe se havia sopa para mais dois.

– Claro que há! – respondeu a funcionária. – Por amor de Deus! É uma honra tê-la aqui hoje. Enfim, a ementa não há de ser tão boa como a da Irmãs Reparadoras, mas dá para aconchegar o estômago.

A freira agradeceu e avançou com o convidado atrás de si. Serviram-se do que havia e foram sentar-se a uma mesa onde já se encontravam dois escuteiros. Não puderam reatar o tema da conversa. A pedido da religiosa, o Ferreira contou o que aconteceu para ter sido preso, omitindo o pormenor do saco-cama. Mesmo assim, ela perguntou:

– Essa austríaca é importante para si?

– Somos amigos.

– Como se conheceram?

– Eu estava em Innsbruck, onde fui a um congresso, e por acaso cruzámo-nos na rua quando ela fazia a despedida de solteira.

– Então é casada.

– Sim, é.

– E o marido sabe que vocês foram os dois fazer trabalho de campo durante a noite?

– Creio que não.

– Há alguma coisa para esconder?

A freira queria saber demais e o Ferreira não estava disposto a confessar-se. Calou-se e deu maior atenção à sopa.

Os escuteiros entretanto afastaram-se com os tabuleiros, deixando-os mais à vontade para retomar a conversa sobre as aparições.

– Eu estou convencido – continuou ele –, face àquilo que é referido pelos testemunhos escritos e do que se pode observar nas fotografias de Benoliel, de que foram seres de outro planeta que encenaram tudo o que aconteceu na Cova da Iria em 1917. As pessoas levaram para o campo religioso, porque não tinham outra forma de explicar fenómenos tão extraordinários, que mais pareciam coisa de magia. Além disso, a tradição tinha um papel de peso: as aparições são aceites pela Igreja e enquadram-se na sua mundividência. Um dos parentes dos pastorinhos explicava aos vizinhos incrédulos que, se a mulher de branco que eles tinham visto não era Nossa Senhora, quem mais poderia ser? Não havia outra explicação. Só a partir de 1947, trinta anos depois, é que começou a ser possível reinterpretar fenómenos como o de Fátima de outra forma. E esta é até ao momento a mais plausível. A Cova da Iria foi visitada por seres inteligentes de outro mundo e isso é uma coisa extraordinária, de que ainda não nos apercebemos bem das consequências, quer científicas, quer filosóficas. A Rafaela pediu-me para lhe dizer o que penso e aí tem. Espero que não me veja a partir de agora como um louco ou um lunático. Não o sou. A existência de vida inteligente fora do nosso planeta é atualmente uma convicção partilhada por muita gente séria ligada à ciência. Embora haja muitos céticos, os dados que se conhecem são esmagadores. Não faltará muito para que se descubra um planeta semelhante à Terra. Quando isso acontecer, Fátima e outros lugares como este serão sem dúvida vistos com outros olhos.

Tinham acabado de comer e a freira, depois de agradecer à funcionária a oferta do almoço, acompanhou o professor ao carro.

– Agradeço-lhe mais uma vez por ter vindo e por ter respondido às minhas dúvidas.

– Não quer mesmo vir comigo?

– É outro o meu caminho. Talvez um dia lhe faça uma visita.

– E ficou esclarecida nas suas dúvidas?

– Deu-me matéria para refletir.

– Espero que não venha a perder a fé por isso.

– A fé não se perde por causa de uma conversa.

Trocaram um cumprimento de mão e o Ferreira partiu. Estava uma tarde de Sol radioso.

Excesso de nitratos

Na viagem de regresso, perguntou-se o que fora fazer a Fátima. Bastou a freira dizer-lhe que precisava de lhe falar para ele ir a correr. Isso não era sensato. Devia-lhe, é certo, um pequeno favor, mas não a ponto de andar a gastar o seu tempo e gasóleo só para ter com ela uma conversa sobre discos voadores. O que teria a freira pensado de tudo aquilo? A caridade cristã obrigava a ser compreensivo com os pobres de espírito, ou seja, os tolos. E ele fora fazer figura de tolo ao desbobinar toda aquela treta dos extraterrestres. Prometera a si próprio nunca falar disso a ninguém, exatamente para não ser tido por lunático. Vá lá que a irmã Rafaela era discreta. Mas afinal que interesse tinha ela no tema? O normal seria negar a hipótese ufológica. No entanto, apesar de colocar algumas objeções, a explicação alternativa acerca do que se passou em 1917 na Cova da Iria parece tê-la impressionado. Qual o impacto na sua vida religiosa? Era bem provável que ela viesse a crer naquilo que ouvira, começasse a pôr em dúvida verdades estabelecidas e arranjasse problemas na congregação. Face a estas razões, o Ferreira considerou que deveria ter ficado quieto e calado.

O telemóvel começou a tocar. Como ia na faixa da esquerda, não pôde atender. Ao quinto toque, o telemóvel calou-se. Alguns minutos depois, recomeçou. O Ferreira meteu-se na faixa da direita depois de ultrapassar um camião e atendeu. Era a Ingrid. Disse-lhe que estava muito contente, pois tinha descoberto qual era o problema das plantas que estiolavam junto ao rio Douro. Era excesso de nitratos.

— Então quer dizer — propôs o Ferreira — que elas andam a comer moscas a mais?

— De forma alguma! O problema não está nas moscas — explicou a botânica. — Os insetos que ficam presos no visco e que depois servem de nutrientes são em número equilibrado para a sobrevivência das plantas. O problema está no solo. Este tipo de plantas adapta-se a solos pobres em nitratos. Daí o estratagema de apanharem insetos para complementarem essa insuficiência. Eu procedi à análise das amostras do solo que recolhemos no local e descobri que contêm doses significativas de adubos industriais utilizados na agricultura. Ora o excesso de nitratos, sobretudo de azoto e fósforo, cria um desequilíbrio químico nas plantas e elas começam a definhar.

– Mas no local onde estivemos não havia campos agrícolas – contrapôs o Ferreira.

– Os adubos infiltram-se no solo com as águas da chuva e escorrem para o rio. Sendo aí o *habitat* do nosso *Drosophyllum Lusitanicum*, este fenómeno afeta a espécie e temo que dentro de alguns anos, se não conseguir adaptar-se ao solo hostil, acabará por extinguir-se.

– E isso é mau? Afinal é uma planta daninha que não tem qualquer utilidade.

– Todos os seres vivos têm a sua utilidade, mesmo que não seja evidente. O *Drosophyllum Lusitanicum* é um ótimo caçador de insetos, muitos deles nocivos, como os piolhos da seiva, as moscas e os mosquitos. Além disso, fixa o azoto nos solos. Ou fixava, antes da introdução dos adubos industriais. E ainda desconhecemos as suas capacidades medicinais.

O Ferreira começava a estar farto desse *Drosophyllum Lusitanicum*. Que lhe importava a ele o excesso de nitratos?

– E em Fátima, como foi? Rezaste muito? – perguntou a Ingrid só para mostrar que se interessava pelas coisas do amigo.

– Não vim rezar. Vim tratar de um assunto.

– Que assunto? Pensei que ias rezar. Não é isso que se faz em Fátima?

– Podem fazer-se muitas outras coisas. Visitar as grutas, por exemplo. Ou admirar pegadas de dinossauros.

– Já sei que não me queres dizer.

– É um pequeno castigo por não teres vindo comigo.

— Pensei que só os espanhóis e os italianos é que guardavam ressentimentos.

— Somos todos feitos da mesma massa.

— Diz-me: O advogado chegou a saber alguma coisa sobre a nossa detenção?

— Não, ele achou melhor não fazer muitas ondas. O mais certo é os guardas negarem tudo. Será a nossa palavra contra a deles.

— Mas então somos humilhados e maltratados e não fazemos nada?

— Qualquer coisa que façamos, além de algum burburinho na comunicação social, dará em nada. E tu não queres publicidade...

— Sim, não quero.

— Vou ter de desligar. Preciso de meter gasóleo na estação de serviço.

— Vemo-nos mais logo?

— Se tu quiseres...

— Quando chegares, passa na residência. Dá-me um toque quinze minutos antes para eu me vestir e descer.

— Até logo então.

Cerca de mil metros mais à frente, o Ferreira abandonou a faixa de rodagem e entrou na estação de serviço. Encheu meio depósito, combustível suficiente para chegar a casa, pois nas bombas da autoestrada era sempre mais caro, e foi aos lavabos. Não o fazia desde manhã cedo e estava bastante apertado da bexiga. Em Fátima, com a demanda da irmã Rafaela e depois com a conversa e o almoço, não tivera oportunidade.

Estava ele chegado ao urinol quando o telemóvel tocou de novo. Com a mão desocupada, retirou-o do bolso e atendeu.

— Está?

— Sou eu.

Era a voz da Ângela.

— Por onde tens andado? — continuou ela. — Nunca mais disseste nada. Amanhã sempre vens buscar o Huguinho?

– Sim, claro! Estarei aí às dez. Tenho andado muito ocupado. Daqui a uns dias, parto para Nova Iorque e queria deixar tudo resolvido, ou pelo menos a ponto de não precisar de me preocupar enquanto estiver fora.

– Senti a tua falta.

– Eu também – mentiu por delicadeza.

– Já pensaste naquilo?

– Naquilo?...

O Ferreira tinha o telemóvel preso entre o ombro e a cabeça inclinada para o lado esquerdo como um *zombie* enquanto lavava as mãos.

– Em nós – especificou a Ângela.

– Tenho andado a pensar.

– E então?

– Creio que deveríamos dar mais tempo.

– Sim, eu sei. Mas depois do último fim de semana que passámos em família, cuidei...

O Ferreira não sabia o que dizer. Não queria dar-lhe esperanças, mas também não desejava toldar a boa relação que agora tinham. O problema é que, no fundo, ainda gostava da ex-mulher. Não era amor, isso sabia-o bem. Mas era afeto por tantos anos de convivência.

– Telefona mais tarde, está bem? Apanhaste-me com as calças na mão.

– Que queres dizer?

– Que estou na casa-de-banho.

– Ah! Já podias ter dito.

– Até amanhã.

Desligou e foi secar as mãos nos aparelhos de ar quente. Detestava usá-los, pois, para além do barulho irritante que faziam, só com muita insistência é que secavam alguma coisa. Saiu dos lavabos limpando o resto da humidade às calças e voltou para o carro.

Nunca mais pensara na Ângela. O assunto incomodava-o. Criara uma situação por fraqueza momentânea ou, mais certo, por oportunismo, que punha em risco aquilo que alcançara com o divórcio: a liberdade. Não podia voltar para casa. As pessoas não mudam. Ainda mais, como no seu caso, depois do que passaram. Voltariam as desconfianças, o ciúme e as discussões. Não poderia deixar-se levar de novo pelo calor familiar. A ex-mulher tinha de seguir com a sua vida. E não se cruzaria de novo com a do ex-marido senão naquilo que os unia: o filho.

Tinha consciência de que, se arranjasse uma companheira certa, a Ângela acabaria por aceitar em definitivo que a separação não tinha retorno. Mas que fazia ele? Andava em aventuras donjuanescas que lhe davam alguma satisfação, mas que não resultavam numa relação estável e saudável.

O caso com a Ingrid que era? Não podia assumir a relação, primeiro porque a rapariga era casada, segundo porque era estrangeira em trânsito, e terceiro porque seria acusado pelos colegas da universidade de falta de ética profissional. Foi mais uma aventura, com uns dias bem passados. E alguns menos bem, pois o incidente da prisão não era coisa que gostasse de repetir.

Para resolver os seus problemas ex-conjugais, o Ferreira tinha de apostar numa relação séria e estável. Mas com quem?, perguntava-se enquanto conduzia o carro ao longo da autoestrada atulhada de camiões. As colegas da universidade estavam fora de questão. Divorciadas nem pensar. Mulheres jovens e solteiras eram uma opção, mas ele não tinha paciência para elas: raparigas com menos de vinte e cinco anos eram demasiado imaturas, superficiais e com uma conceção de vida que ficava a galáxias de distância da sua. Tirando o interesse sexual, nada mais nelas o atraía. As outras, mais velhas, ou eram coirões, ou andavam obcecadas com o casamento e os filhos que gostariam de ter. Onde haveria uma mulher suficientemente bonita, livre de compromissos passados e presentes, inteligente, culta, meiga e que, o que era o mais difícil, não se importasse de partilhar com ele o resto da vida, ou pelo menos uma boa parte? Essa mulher não existia.

Talvez uma professora do ensino secundário, como a Natividade, mas solteira, lhe servisse. Ou uma ajudante de farmácia, habituada a aviar receitas e a dar injeções. Seria até uma mais-valia, pois nunca se sabe de quando vamos precisar, caminhando para velhos.

Logo que a Ingrid voltasse para Innsbruck, comprometeu-se a aplicar-se numa procura da mulher ideal. Embora a cidade fosse pequena e pelintra, deveria existir uma mulher que, não cumprindo todas as suas exigências, cumpriria algumas. O ótimo era inimigo do bom. E para ele bastava uma boa mulher que fosse, ao mesmo tempo, uma mulher boa.

Parou junto à residência académica e saiu para chamar a Ingrid. Esqueceu-se de telefonar quinze minutos antes e teve por isso de esperar esse tempo até que ela descesse.

– Vamos jantar fora? – perguntou o Ferreira quando entravam no carro.

– E se fôssemos para tua casa? Encomendávamos uma piza.

– Pensei que não comias dessas porcarias.

– Como, mas desde que não tenha carne. Podes pedir uma vegetariana.

– Para quem se interessa tanto por plantas carnívoras, não se entende porque desprezas tanto a carne.

– Eu não desprezo a carne. Prefiro-a crua e palpitante.

Pelo menos, pensou o Ferreira, a birra já tinha passado. A descoberta que ela fizera acerca do excesso de nitratos animou-a. Logo que chegasse a casa, depois de telefonar para a pizaria, convidá-la-ia para o jacúzi. Precisava de um banho e talvez estivesse disposta a esfregar-lhe as costas.

– Queres fazer-me companhia? – perguntou ele já em casa.

– *No, thank you.* Já tomei banho hoje.

– É no jacúzi... – explicou ele, como se mostrasse um doce a uma criança.

– E desta vez não seremos incomodados?

— Prometo que não.

Foram os dois para a casa-de-banho. Enquanto o professor enchia a enorme banheira e a punha a borbulhar, a investigadora despia-se. Quando se voltou, viu-a como Adão a Eva depois de acordar da noite em que Deus lhe retirou uma costela. Despiu-se rapidamente enquanto a amiga segurava o cabelo atrás com um elástico para não o molhar. Entraram na água e sentaram-se de tal forma que as pernas se tocavam. Estiveram alguns minutos em silêncio, de olhos semicerrados, a relaxar, sentindo as cócegas da água pelo corpo.

— Hoje — começou ela por dizer — fui almoçar ao restaurante da universidade com as duas professoras do Departamento de Botânica.

— E como estás a dar-te com elas?

— Bem. Têm-me ajudado muito. São boas profissionais. Uma delas auxiliou-me na análise das amostras do solo. Tivemos de ir ao departamento de Agricultura, pois é lá que têm os meios técnicos. Mas não é disso que eu te queria falar. No restaurante, veio sentar-se à nossa mesa um outro professor. Enquanto comíamos, a professora Isa Pereira perguntou-me com quem eu costumava ir para o trabalho de campo. Eu falei de ti. O outro fez cara de caso. Depois pensei que deveria ter ficado calada.

— Não tem importância. E quem era ele?

— Tinha um nome difícil de pronunciar. Parecido com Lucy ou Lucius.

— Licínio?

— Sim, isso mesmo. As professoras entretanto foram andando e eu ainda fiquei alguns minutos a conversar com esse tal *Lucínio*. Ofereceu-se para me dar boleia até aos laboratórios e colocou-se à minha disposição para tudo o que eu necessitasse. Os homens portugueses são todos assim, tão cavalheiros?

— Hão de ser. Sobretudo diante de uma mulher bonita.

— Disse-me para eu ter cuidado contigo.

— Ai sim? E porquê?

— Parece que és muito mulherengo. Deu a entender que não hesitarias em atirares-te a mim. Isso é verdade?

— Claro que não! Jamais o faria!...

— Sim. E no entanto, pergunto-me como vim parar ao teu jacúzi, nua.

Ouviram o sinal do intercomunicador.

— Deve ser a piza — disse o Ferreira.

Saiu da banheira, vestiu um roupão e foi atender. Afinal era o responsável pelo condomínio do prédio que lhe queria dar uma palavrinha. A escorrer água, lá se esforçou por ouvi-lo.

— A modos que é assim — foi dizendo o homem, que era funcionário na Segurança Social. — O telhado mete água e é preciso contratar alguém para o compor antes que se infiltre por aí abaixo.

— E então de que está à espera? Não é o senhor o responsável por essas coisas?

— Sou. Mas falta verba. A mensalidade que os inquilinos pagam não é suficiente. Isto é uma despesa não ordinária.

— Uma despesa não ordinária? E quais são as ordinárias?

— São três: a mulher que limpa as escadas e os átrios, a luz elétrica e a manutenção do elevador. Tudo o que sai fora disto tem de ser pago à parte. Por isso é que estou aqui. Já falei com todos os inquilinos, menos você. É muito difícil apanhá-lo.

— E então em que posso servir-lhe? — perguntou o Ferreira impaciente.

— Em que me pode servir? Eu não quero que me sirva, homem! Eu quero que, quando vier a conta do telhado, pague o que tiver de ser. Dividiremos a despesa por todos.

— Deve saber que não sou o dono do apartamento. O problema do telhado ultrapassa-me.

— Mas é você que está a pagar a mensalidade do condomínio.

— Sou, realmente. Mas tudo o que tem a ver com obras não é comigo. Terá de falar com o proprietário.

— E como hei de falar com ele? Está na Suíça.

– Telefone-lhe ou envie-lhe uma carta.

– E quem paga a despesa?

– Vai-me desculpar, mas não lhe vou responder a isso. Com licença.

E fechou-lhe a porta. Voltou à casa-de-banho e a Ingrid perguntou:

– Vamos comer a piza antes que arrefeça?

– Não era o das pizas. Era o tipo do condomínio.

– Oh! E que queria? Tu prometeste que não seríamos interrompidos.

– Sim, desculpa. Neste país não há forma de estar em sossego. Há sempre alguém a incomodar.

– Mas que queria ele?

– Dinheiro para arranjar o telhado. Tive de ser indelicado. Esta gente pensa que pode dizer e fazer tudo o que lhe apetece.

– E eu? Posso fazer e dizer tudo o que me apetece?

– Tu podes.

– Então vem cá.

– Tenho de esperar pela piza. Deve chegar a qualquer momento.

– Enquanto chega e não chega, tens tempo para me mostrares se és ou não um mulherengo. E já agora, de me fazeres a vontade.

– E qual é? – perguntou ele sentando-se na borda do jacúzi.

– Tirares-me da banheira e, assim molhada, levares-me para o quarto.

O Ferreira puxou-a para si e, pegando-lhe pelas pernas, sacou-a da água. Depois levou-a para o quarto, molhando o chão ao longo do percurso. Colocou-a na cama, cobriu-a de beijos e, porque ela pedisse com insistência que a não deixasse esperar mais, penetrou-a como de uma prancha de cinco metros um mergulhador a piscina. A bióloga suspirou uma vez, duas, e desfez-se em água. Foi quando se ouviu novamente o sinal do intercomunicador e o Ferreira teve de ir atender. Desta vez era o rapaz das pizas. Recebeu a encomenda, pagou e voltou para o quarto com a caixa que exalava um cheiro a farinha saída do forno. Quando foram a comê-la, daí a uma hora e três minutos, estava fria. Mesmo assim, não lhes soube mal, depois de tanto esforço.

Reconfortada a líbido e recomposto o estômago, ficaram estendidos na cama, a mão do Ferreira a passear nos mamilos ainda rijos da amiga.

— Na próxima semana vou aos Estados Unidos – informou ele.

— Não me tinhas dito nada ainda.

— É só por uma semana.

— E que vais lá fazer?

— Participar num congresso. Queres vir comigo?

— Bem sabes que não posso. Tenho de continuar a investigação.

— Vou sentir a tua falta.

— Não digas isso que me fazes chorar.

Voltou-se e beijou-o, esborrachando a brancura dos seios na pelugem negra que recobria o peito do Ferreira.

Arranha-céus

Chegou ao aeroporto de Newark a meio da tarde na companhia de mais três colegas. Como era a primeira vez que ia às Américas, estava um tanto apreensivo. Nos serviços de emigração, o agente que o atendeu moeu-o com perguntas. Primeiro foram as da praxe: para onde ia, quanto tempo pretendia ficar e qual o objetivo. Depois, face às respostas, queria saber o que fazia um português num congresso de Ciências da Cultura, como se tal coisa fosse inusitada. Parece que os portugueses que ali passavam iam todos ver um tio doente, a desculpa para entrarem no país das oportunidades e irem trabalhar como clandestinos para as obras. O Ferreira repetiu várias vezes que era professor universitário e que apresentaria uma comunicação num congresso. O polícia argumentava que ele tinha escrito no cartão verde que vinha em trabalho. Ir a um congresso, explicou o professor, era trabalho. Mas o outro não estava convencido. Devia achar que ele tinha cara de trolha ou carpinteiro e estava ali para fugir à miséria do seu paizinho europeu.

— De que vai falar no tal congresso? — perguntou o chui, a ver se lhe passava uma rasteira.

— Vou falar da representação semiótica da República através de cartazes, postais, folhetos e outros paratextos.

O polícia coçou o queixo mal barbeado e mandou-o repetir. À espera, atrás da linha amarela, estava uma longa fila de passageiros. Não havia pressa. Quando chegasse a hora de sair, o agente que o viesse a substituir que se desamerdasse. Ele é que cumpriria com o seu dever e não deixaria passar terroristas perigosos ou espertinhos a quererem roubar o emprego aos seus concidadãos.

Para ver se despachava aquilo, o professor lembrou-se de um exemplar do calhamaço da tese de doutoramento que levava no saco de mão para oferecer à biblioteca da Columbia University. Tirou-a e poisou-a no balcão, à frente do agente. Na badana esquerda, havia uma foto sua e o nome por baixo.

– É um dos livros que publiquei – explicou.

O agente mediu o tamanho do volume, sopesou-o, confirmou a foto e o nome do autor e mandou guardar. Estendeu-lhe o passaporte carimbado, desejou-lhe boa estadia e mandou aproximar o seguinte.

Os outros colegas, que se tinham desembaraçado com relativa facilidade, esperavam-no na secção das bagagens. Deviam ter sido atendidos por agentes menos zelosos, considerou o Ferreira. Ou então deram as respostas certas às perguntas da praxe. E se assim foi, o que teria ele dito de errado?

O que sabia acerca da terra do tio Sam viera-lhe sobretudo do cinema e de algumas séries de televisão. Lera pouca literatura norte-americana. Salinger, Steinbeck, Hemingway (este pouco falava do seu país natal), e ultimamente Philip Roth e Paul Auster, foram os principais autores que lhe passaram pelas mãos. Como quase toda a classe pensante portuguesa, ele tinha alguma repulsa pelo país do capitalismo, embora, se lhe perguntassem porquê, os seus argumentos se fundamentassem em lugares comuns de ouvir dizer, pouco consistentes portanto, uma vez que lhe faltava o essencial: o conhecimento *in loco*.

Ao atravessarem a ponte sobre o rio Hudson, o Ferreira viu pela primeira vez os arranha-céus de Manhatan brilhando ao Sol que descia no horizonte. O Borges tinha estado uma vez em Nova Iorque e sabia mais ou menos como se movimentar na selva de cimento e vidro.

Saíram na estação mais próxima do hotel onde tinham reserva. Mesmo assim, acharam por bem apanhar depois um táxi. Acabaram por se arrepender, pois teriam chegado mais depressa a pé. Enquanto o táxi parava e arrancava à velocidade de lesma numa longa fila, o Ferreira ia observando as ruas rodeadas das muralhas altíssimas dos prédios onde a luz do Sol não conseguia penetrar. Andará o *Spiderman*, pensou, de teia em teia, a vigiar os criminosos? O Huguinho ficaria contentíssimo se estivesse ali com o pai a admirar a cidade de um dos seus heróis preferidos. No dia em que se despediram, pediu-lhe que tirasse algumas fotos ao Homem Aranha. Se não o visse, contentava-se com uma máscara ou uma *T-shirt* com uma teia desenhada. Mas se pudessem ser as três coisas, tanto melhor. Os coleguinhas da escola haveriam de morrer de inveja.

Por cortesia, perguntara à Ângela o que gostaria que lhe trouxesse de Nova Iorque.

– Não quero que me tragas nada – disse.

– Nem uma lembrança ao menos? – insistiu ele.

– Volta inteiro.

O hotel era uma espelunca só comparável, em instalações, limpeza e serviços, às pensões manhosas da Avenida 5 de Outubro da capital portuguesa. O Borges queria partilhar o quarto com o Ferreira para poupar uns dólares, mas ele não aceitou. Gostava de dormir sossegado, bem longe dos roncos noturnos do colega.

Depois de deixar a bagagem no quarto, desceu à receção onde marcara encontro com os outros três. Combinaram dar uma volta a pé pelo quarteirão. Caminharam ao longo de ruas sujas e sombrias, cruzando-se aqui e ali com mendigos maltrapilhos que pareciam não dar pela sua presença. Embora fosse cedo para os novaiorquinos, não o era para os portugueses, que tinham o estômago a dar horas. Entraram numa pizaria que lhes pareceu minimamente asseada. Em Portugal, aquele estabelecimento seria imediatamente encerrado pela ASAE. Mas ali era a terra da liberdade e nenhum empresário da restauração tinha de cumprir um dicionário de normas para manter o seu estabelecimento aberto. Pagasse ele os impostos, a proteção à máfia e à polícia e ninguém se importaria com esquisitices burocráticas de higiene, limpeza, qualidade e prazo de validade dos produtos servidos.

Pediram uma piza familiar e duas canecas de *Budweiser* que foram despejando para copos de plástico.

Enquanto esperavam pela piza, falaram de mulheres. O Bastos

queria saber se as americanas eram fáceis. O Borges explicou-lhe que, se no congresso não aparecessem portuguesas, fariam abstinência. As americanas eram uns estafermos.

– E as professoras de Lisboa, não vêm? – perguntou o Ferreira.

– Espero bem que não! – respondeu o Borges. – Já me bastou ter que aturá-las em Innsbruck.

– A Prudência, de Cultura Americana, seria estranho não vir...

– Essa muito menos!

O Barroso queria saber quem eram essas professoras de Lisboa, mas o Borges não se descoseu.

O empregado, saído certamente das fileiras da Al-Qaeda, pôs-lhes entretanto a piza diante como se faz aos porcos de uma pocilga. Estavam eles na degustação, quando entraram dois polícias que se sentaram numa mesa próxima. O Borges, que falava da estupidez dos norte-americanos como se tivesse com eles vivido desde há muito, calou-se. Daí a pouco, cada um dos polícias devorava uma piza tão grande como aquela que os quatro portugueses dividiam.

– Têm um serviço muito puxado. Têm de comer bem – comentou o Bastos no gozo.

– Não sei como aguentam com o próprio peso, as algemas, o cassetete, a pistola, o rádio, a piza e a cerveja – acrescentou o Barroso.

– Não precisam de andar muito. Passam o tempo sentados no carro da patrulha, a dormitar – explicou o Borges.

O Ferreira não quis entrar na discussão policial e, quando saíram da espelunca, disse que ia a uma livraria que vira a alguns passos dali. Se alguém quisesse fazer-lhe companhia... Ninguém quis. Argumentaram cansaço da viagem e voltaram ao hotel. Viu-se pois o Ferreira sozinho nas ruas soturnas de Nova Iorque. Era consoladora a ideia de o Homem Aranha andar por perto para o caso de ser importunado por algum larápio.

Encontrou a livraria e entrou. Havia livros usados e restos de *stocks* que as editoras despachavam a baixo preço para desatulharem os armazéns. Depois de percorrer algumas estantes, dirigiu-se ao balcão e perguntou se havia alguma secção de ufologia. O vendedor, um rapazola achinesado, não lhe sabia dizer. Consultou a base de dados e levou-o ao fundo da loja. Havia uma estante repleta de novelas de ficção científica. A prateleira de baixo continha alguns volumes de ufologia na pouco saudável companhia de outros sobre ciências ocultas, misticismo, parapsicologia e outras alarvidades. Misturar ufologia com tudo aquilo era, para o Ferreira, como pôr num hospital um curandeiro de uma tribo dos papuas a curar uma perna partida com danças e benzeduras.

Selecionou quatro obras e dirigiu-se ao balcão para pagar. Enquanto as passava no *scanner* do código de barras, o rapazola perguntou-lhe qual era o seu interesse na ufologia.

– Curiosidade – respondeu o português, sem querer conversa.

– O senhor acredita em ovnis? – insistiu o vendedor.

– E tu acreditas? – atirou de repente o Ferreira.

– *Of course!* – respondeu o outro. – Até já vi um.

– Viste um? – perguntou o Ferreira um tanto cético.

– *Yes!* Foi há dois anos. Eu acampava com uns amigos um pouco acima da confluência entre o rio Hudson e o rio Mohawk. Estávamos a dormir nas tendas, quando fomos acordados por umas luzes estranhas. Sobre o rio, a pairar, estava um disco com uns focos apontados à água. Pensámos que talvez estivesse a abastecer-se. Se os *aliens* beberam aquela água poluída, devem ter ficado com uma grande dor de barriga.

E o rapaz riu-se.

– Mas vocês viram-nos?

– A quem?

– Aos *aliens*.

– Não. Daí a pouco, o disco começou a subir e desapareceu a grande velocidade. São vinte e trez dólares e cinquenta e oito cêntimos.

O Ferreira pagou, agradeceu e saiu para a rua com os passeios a engarrafarem-se devido à hora de ponta. Como não sabia onde pudesse ir, ou se havia alguma coisa interessante na zona para ver, regressou ao hotel. Em Portugal eram quase vinte e duas horas. Telefonaria aos pais e ao Huguinho.

Passou por vários negros a empurrarem carrinhos de venda ambulante. Voltavam talvez para casa, um quarto algures, ou um lugar debaixo de uma das pontes do Hudson. Seria difícil de crer que tivessem dinheiro para uma casa decente no centro da metrópole.

À entrada do hotel, encontrou o Borges com o Bastos. Era proibido fumar nos quartos e nos recintos comuns e davam ali gosto ao vício.

– Não perdeste tempo! – exclamou o Borges ao ver o colega a aproximar-se com o saco dos livros.

– Encontrei uns livritos baratos... – desculpou-se o Ferreira.

– Guarda os dólares! Podes vir a precisar deles – aconselhou o Bastos, um forreta de primeira que andava com os sapatos cambados e comprava sempre carros em segunda mão, por achar que os novos não valiam o dinheiro que as *stands* pediam, sendo no entanto sabido que tinha alguns milhares de euros em aplicações financeiras.

– Além de livros e um ou outro *souvenir*, não conto comprar mais nada – informou o Ferreira.

– Eu hei de ver se arranjo um portátil barato – referiu o Borges.

– Passar com ele na alfândega é que é um problema – disse o Bastos.

– Qual quê? Da outra vez que vim cá, levei dois, um para a minha mulher e outro para uma amiga... E passei sem problema nenhum.

– Tiveste sorte.

– E também há problema com os livros? – quis saber o Ferreira.

– Não. Podes levar os que quiseres – observou o Borges.

– A polícia só chateia com coisas eletrónicas por causa dos impostos – explicou o Bastos. – Livro é artigo que não vale nada.

– Ainda bem! – exclamou o Ferreira, acrescentando em seguida: – Até amanhã.

– Não te esqueças – disse o Borges –: às nove menos um quarto aqui à entrada. Ainda temos de ir para o *campus* procurar o edifício do congresso.

Já no quarto, tirou os sapatos e o casaco e estendeu-se na cama a dar uma olhadela aos livros que comprara. Não podia mostrá-los aos colegas, não fossem pensar que era lunático.

Olhou entretanto para o relógio. Tinha-se esquecido de telefonar. O Huguinho já devia estar a dormir e por isso ligou apenas para a casa dos pais. Atendeu a Dona Arcília, que lhe recomendou cautela, pois ouvira dizer que na América matavam e esfolavam. O Ferreira procurou desvalorizar, argumentando que em qualquer lado isso poderia acontecer. Na América há muito que os índios deixaram de andar aos tiros, dedicando-se a explorar casinos; os *cowboys* dedicavam-se exclusivamente às vacas e os *gangsters* tinham-se tornado pacíficos corretores da Bolsa.

– O pai como anda? – perguntou antes de desligar.

– Queixa-se do estômago. O médico disse que aquilo é fígado e mandou-o fazer umas análises. Proibiu-o de comer fritos e de beber vinho.

– O costume.

– Sim, o costume.

– E ele está a seguir as recomendações do médico?

– Sim, está. Mas já sabes como ele é: logo que venham os resultados das análises, volta ao mesmo. Aqui em casa faço-lhe a comida o mais saudável que posso e não o deixo beber senão água ou sumo. Mas quando sai, é mais que certo que se mete nos copos e nos fritos. Mas não gastes mais. Isso de telefonar do outro lado do mundo há de custar-te os olhos da cara.

– Não se preocupe, mãe.

– Pois não me preocupo, não! Se não fosse eu a preocupar--me contigo, com a tua irmã e com o teu pai, não sei o que seria. Sois piores do que a canalha. Às vezes pergunto a Deus quando é que ides ganhar juízo. E tu mais que os outros, que tens obrigação disso. Ou os livros só te ensinam estupidez?

– Há de ler um para tirar essa teima.

– Era o que faltava, eu, na minha idade, pôr-me a ler um livro! Se fosse de orações, ainda vá. Sempre aproveitava à salvação da alma.

– Então está decidido: quando fizer anos, ofereço-lhe um com a novena de Nossa Senhora.

– Tu faz lá o que quiseres. Mas se me apareces em casa só com um livro, dou-te com ele na cabeça. Uma camisa nova é suficiente. Ou um casaquinho de malha. A tua mulher é que sabia escolher. Agora tu... Mas sempre lhe podes pedir ajuda nessas coisas. Ouvi dizer que já fizeste as pazes com ela.

– Quem lhe disse?

– O Huguinho.

– E você acredita no que diz uma criança?

– E porque haveria de não acreditar? É mentira por acaso?

– As coisas nem sempre são o que parecem.

– Mas tu dormiste em casa com a Ângela, ou não?

– Sim, dormi. Mas...

– Então não te entendo.

– Nem vale a pena.

– Ganha-me juízo nessa cabeça. Não encontrarás outra como a Ângela.

Desligaram por fim e o Ferreira sentiu-se desconfortável. Não gostava que a mãe se metesse nos seus assuntos. Estava já a ver a cena: ela e a ex-mulher a trocarem confidências, a fazerem projetos. Quando voltasse, teria de pôr um ponto final na relação.

Arrumou o conteúdo da mala e, bastante ensonado, despiu-se e meteu-se na cama. O movimento da cidade, com milhões de automóveis e pessoas, os seus ruídos e luzes, atravessavam as paredes e a janela. Já deitado, estendeu a mão para o comando e ligou a televisão. Correu os noventa e nove canais disponíveis. A cada cinco minutos de um programa que começava a ser interessante, havia dez de publicidade. Deu com um menu da rede interna do hotel e, por doze dólares, pôs-se a ver *O Sexo e a Cidade*. Adormeceu quando o Big deixou a noiva plantada na Biblioteca Pública de Nova Iorque.

Acordou no dia seguinte com o Sol a entrar pelas gelosias. Tomou um banho e desceu para o pequeno-almoço, pouco antes das oito. No salão, alguns comilões anglo-saxónicos empanturravam-se de dónutes e copos enormes de café aguado. Diante da vitrine, hesitou qual dos dónutes escolher. Tinham todos um aspeto delicioso, o que não significava, pensou, que o fossem. Pôs no prato um com recheio avermelhado. Depois encheu até meio um copo com sumo de laranja, ou assim parecia, e sentou-se numa mesa vaga e bastante desarrumada. Os hóspedes que o precederam deixaram aí os pratos sujos e ninguém os recolhera. Desviou uma boa parte para o lado e provou o dónute. Sabia vagamente a morango e era tão enjoativo que teve de ir buscar outro. Confrontou-se com um tipo gordíssimo a reabastecer a vitrine. Devia ser o funcionário. O homem era tão lento que o Ferreira desistiu do dónute e pegou num pedaço de pão de forma que meteu na torradeira.

Foram aparecendo os três colegas e juntaram-se na mesma mesa. Apesar do bulício da rua, todos tinham dormido razoavelmente bem.

Como não conseguiram descobrir onde ficava a universidade, decidiram chamar um táxi, que os deixou no edifício certo. Dirigiram-se ao secretariado para levantar a documentação e foram-se cruzando com gente conhecida de outros congressos, portuguesa e estrangeira.

O Ferreira não sabia se encontraria por ali alguém das suas relações. Embora tenha dito a algumas amigas e conhecidas que estaria no congresso, não recebeu qualquer informação acerca da participação de alguma delas. Foi por isso com surpresa que viu aproximar-se a professora Dulce Nara Cagliari da Silva.

– Sr. Cavaleiro! – exclamou ela quando o reconheceu. – Que felicidade encontrar aqui o senhor!

– Eu é que digo! Então a senhora Marquesa vem ao congresso e não me diz nada?

– Queria fazer uma surpresa para o senhor. Me dê um beijo, vai!

Trocaram beijos na face enquanto os três colegas do Ferreira observavam com algum assombro.

– Estes são colegas meus de Portugal: o Borges, o Barroso e o Bastos – apresentou.

– Prazer – respondeu a Dulce estendendo a mãozinha fofa a cada um deles.

– Quando chegou? – quis saber o Ferreira, afastando-se um pouco dos outros.

– Ontem mesmo.

– Eu também. Se eu tivesse sabido, tê-la-ia convidado para jantar.

– Pode convidar hoje. E amanhã. E depois de amanhã… A não ser que tenha já algum compromisso…

– Não, nenhum.

– Fico feliz em saber. Me acompanha, Sr. Cavaleiro?

– Com todo o gosto, senhora Marquesa.

E seguiram para a fila do secretariado.

Central Park

Depois da sessão de abertura do congresso, que durou metade da manhã, o Ferreira e a Dulce abandonaram o edifício da universidade. Só lá voltariam no dia seguinte, para apresentarem as comunicações, ela de manhã e ele à tarde.

Logo que se viram anónimos no meio de um passeio movimentado, pararam e abraçaram-se. A brasileira ofereceu os lábios ao amigo português e este tomou-lhos e ofereceu os seus. Os transeuntes passavam, ignorando-os.

– Senti a falta do senhor! – sussurrou ela. – Pensei que nunca mais o veria.

O Ferreira sorriu. Não era caso para tanto. Homens não faltavam e ele não era nada de especial. No Brasil haveria homens bem mais interessantes. Mas a Dulce era de si que gostava, não de nenhum dos homens brasileiros. Estava farta deles. Eram vulgares, incultos e sem charme. Pelo menos os que conhecia. Marco Túlio era muito especial, sim!

O Ferreira achou que ela exagerava, mas preferiu calar. Afinal quem não gostava de ouvir elogios, mesmo desmerecidos?

– E as crianças, como estão?

– Bem. Deixei-as com meu marido.

– E ele?

– Na mesma.

O marido continuava a tratá-la mal, enganava-a, não contribuía para a economia doméstica e esbanjava o que ela tentava poupar. Destes problemas estava o Ferreira mais ou menos informado através das mensagens de *email* que iam trocando.

– Onde gostaria de ir? – perguntou ele para mudar o rumo à conversa. – Temos os museus, o Empire State Building, o Rockefeller Center, a estátua da Liberdade, o Times Square, a Broadway, a 5.ª Avenida, 7.ª, o Central Park...

– Vamos para o hotel? – sugeriu ela.

– Para o hotel? Mas...

– O senhor não quer?

O Ferreira percebeu a intenção e atalhou:

– Minha querida Dulce, é claro que quero! Tem alguma preferência? O meu hotel ou o seu?

– Vamos para o seu? O meu tem um inconveniente: duas colegas da Universidade Federal de Santa Catarina estão aí hospedadas e é melhor não escandalizar as pobres.

– A esta hora devem estar no congresso. Mas tem razão. Devemos poupar as senhoras.

– São umas fofoqueiras. Iriam contar na universidade que me viram em frescuras com um português desconhecido.

– Eu sou um português desconhecido?

– Para elas, sim. Me desculpe, vai. Sou uma tonta que ainda considera a decência uma virtude. Ou a aparência dela.

– Não se preocupe. O bom cavaleiro é aquele que sabe guardar discrição das suas aventuras amorosas e das damas a quem os deveres da cavalaria exige que proteja.

– Entrego-me ao seu poderoso braço.

E caminharam em direção ao hotel do Ferreira, a mão esquerda da Dulce presa no braço do amigo.

Ao passarem na receção, ele viu a máquina de preservativos e parou. Mas a amiga puxou-o com alguma impaciência, dizendo-lhe que não precisariam disso.

No elevador, que fazia lembrar um contentor amolgado e sujo, abraçaram-se e deram um beijo fundo. Entraram no quarto de supetão, tirando as roupas ao calha. Procuraram-se com avidez e, sem demoras inúteis, partilharam o primeiro orgasmo, ela e ele nus apenas da cinta para baixo. Só depois é que despiram as roupas da parte de cima e, muito lentamente, sentiram a totalidade dos corpos.

Passaram o resto da manhã a castigar a carne. O Ferreira, pouco depois do meio-dia, estava gostosamente estafado. A Dulce, incansável, acariciava-o, concentrando-se em partes muito específicas. O professor de Ciências da Cultura sentia-lhe o cabelo a roçar no peito e no ventre e considerava-se um homem afortunado. Quando quis dizer o quanto lhe agradava estar ali, a Dulce fez *chiu* e, com a mão côncava e a língua pequenina, reavivou para uma última refrega a espada do cavaleiro andante.

Depois do duche que ela fez questão de partilhar, vestiram-se e desceram a procurar um restaurante perto. Além de *snackbars*, pizarias e hamburguerias, nada mais encontraram. Decidiram-se por um *snackbar* e pediram, das múltiplas e coloridas propostas do cardápio, dois pratos de carne de vaca frita com puré e umas folhas de alface.

– O senhor me acompanha ao Pierpont Morgan? – perguntou ela enquanto comiam.

– Embora eu não saiba a que se refere, terei todo o gosto.

– É um museu que fica na Madison Avenue. Tem uma bela coleção de manuscritos medievais. Eu gostaria muito de ver o famoso Livro de Horas Negro. Conheço de fotografias. É espantoso. O senhor já ouviu falar?

– É provável. Mas sou péssimo em nomes, datas, títulos e autores. Tenho uma memória mais visual. Se alguma vez vi imagens desse livro, certamente que me lembrarei dele quando o vir de novo.

– Então me acompanha?

– Eu já disse que teria todo o gosto.

Deixaram no prato uma boa parte da carne frita e todo o puré que tinha a consistência do gesso alvaiade pouco antes de secar. Em vez de leite, a Dulce suspeitou que o cozinheiro usara banha de porco.

Apanharam um táxi para a Madison Avenue, que os deixou junto ao museu. O Ferreira estava mais com vontade de ir dormir uma sesta do que ver museus. Mas não queria desagradar à amiga e por isso submeteu-se ao sacrifício da visita por salas extensas com mostradores de vidro onde se exibiam as maravilhas da arte da iluminura trazidas da Europa pelos dólares que tudo compravam. O Livro de Horas Negro era realmente dessa cor. As páginas pareciam ter sido embebidas em alcatrão e sobre elas foi escrito o texto em dourado e prateado e acrescentadas as iluminuras. A Dulce ficou encantada. Ele nem tanto. O livro tinha algo de sinistro.

Após a visita, que demorou o seu tempo, pois a Dulce queria ver o máximo de peças com todas as atenções, o Ferreira sugeriu que fossem até ao Central Park. Apanharam mais um táxi, que os deixou numas das entradas.

As folhas das árvores matizavam-se de verde, amarelo, laranja e castanho. Caminharam pelos carreiros olhando os troncos e os ramos por onde os raios do Sol espreitavam. A temperatura era agradável e o Ferreira tirou o casaco. Pares de namorados conversavam sentados nos bancos e na relva ou passeavam de mão dada. Velhos e indigentes dormitavam, homens de gravata e pasta na mão deambulavam, num passeio higiénico, ou procuravam a solução para um qualquer problema jurídico, administrativo ou financeiro. A Dulce achou estranho que não se visse uma única criança.

– Talvez – disse-lhe o amigo – a secção infantil seja noutra zona do parque.

Viram a Boat House junto ao lago e entraram. Àquela hora havia poucos clientes. Atravessaram o salão que servia de restaurante e foram dar a uma esplanada nas traseiras com vista para o lago. Uma das mesas estava ocupada por um casal. A mulher, que não devia ter mais de trinta anos, quando os viu, sorriu-lhes e disse: *Hello!* O Ferreira respondeu com um *good afternoon.*

– *Where are you from?* – perguntou ela, percebendo pelo sotaque que não eram dali.

– *Portugal and Brasil* – respondeu.

– Podem sentar-se a uma das mesas, se quiserem – disse o homem em inglês. – Não precisam de tomar nada. A esta hora não costumam servir aqui, a não ser que se peça lá dentro.

O casal tinha sobre a mesa um bule, duas chávenas e um prato com guardanapos de papel amarrotados onde deveriam ter estado dois dónutes.

Os recém-chegados sentaram-se a uma mesa próxima e a americana, curiosa por ver ali duas pessoas de lugares tão distantes, perguntou se estavam em Nova Iorque há muito tempo.

– Não. Chegámos ontem – informou o Ferreira.

– Visita turística?

– Viemos a um congresso. Somos professores universitários.

– Oh! O meu marido também é. Trabalha na Universidade de Nova Iorque. É professor de Economia. E vocês?

– Eu sou de Ciências da Cultura numa universidade portuguesa e a minha colega é professora de Linguística no Brasil.

– Fomos uma vez ao Brasil – disse o homem. – Estivemos no Rio de Janeiro. É uma cidade fantástica. Belas praias, boa comida, muitas festas, gente simpática...

A Dulce, que se mantivera calada até ao momento, retorquiu:

– Sim, o Rio de Janeiro é uma cidade fantástica. Infelizmente os turistas ficam-se muito por aí. Há outras cidades e lugares que também merecem ser visitados: São Paulo, a Bahia, Salvador, as cidades históricas de Ouro Preto, Florianópolis, o Recife, Oiapoque, Chuí, a Chapada Diamantina, Piauí, a Amazónia... O Brasil é um país imenso.

– Talvez um dia façamos outra viagem. Muito obrigado pelas sugestões. As agências de viagens nem sempre dão as melhores informações.

– Propõem o que é mais típico de determinado país.

– E Portugal? – quis saber a mulher. – O que tem de interessante?

– Portugal fica junto a Espanha... – começou por dizer o Ferreira, não fossem os novaiorquinos desconhecer a geografia da Europa.

– Sim, nós sabemos – atalhou o homem sem se mostrar ofendido. – Foi um importante país colonizador, dominando grandes extensões de território em África. Tenho acompanhado no

Finantial Times a crise económica na Europa e o nome de Portugal vai aparecendo pelas más razões.

– Os portugueses estão habituados a isso. A crise faz parte do nosso património cultural. Mas lá ninguém se suicida por causa disso.

– Aqui é frequente, alguém que se arruinou, dar um tiro na boca, atirar-se abaixo de um prédio ou lançar-se ao rio Hudson.

– Enfim, cada um dispõe da sua vida como entender. Mas para nós, portugueses, é ridículo alguém suicidar-se porque ficou com os bolsos vazios.

– E de que se suicidam os portugueses?

– De melancolia. Mas também há quem o faça por causa de um amor não correspondido.

– O senhor seria capaz de pôr termo à vida por amor? – perguntou a mulher.

– Eu? Não! Nenhum amor por uma mulher mereceria tal sacrifício da minha parte.

– Não é uma pessoa romântica, Mr.?...

– Ferreira. Marco Túlio Ferreira. Sou romântico, mas não a ponto de acabar com a vida por amor.

– Mr. Ferreira, iniciámos esta conversa sem nos apresentarmos. Eu sou a Grace Macnab e este é o John, meu marido. E a sua colega é?...

– Dulce Nara Cagliari da Silva.

– Cagliari? É italiano – constatou o homem.

– O meu avô paterno era italiano – acrescentou a Dulce.

– Que coincidência! – exclamou a mulher. – Eu e o meu marido temos ascendência italiana. Além da irlandesa e da esco-cesa. Não é invulgar encontrar pessoas em Nova Iorque de origem italiana. Deve haver milhões. Mas é invulgar encontrar alguém estrangeiro que partilha essa ascendência.

– *Dear*, começa a fazer-se tarde – informou o John olhando o relógio.

– Oh, sim! Temos de ir buscar o miúdo à escola – disse a

Grace. – Pedimos perdão pela interrupção do vosso passeio. Nós costumamos vir aqui por ser muito sossegado ao fim da tarde e hoje surpreendeu-nos a vossa presença.

– Foi um prazer tê-los conhecido.

O Ferreira levantou-se e estendeu a mão. A Dulce imitou-o. Trocaram cumprimentos e a Grace, depois de desejar uma boa estadia aos estrangeiros, disse:

– Daqui a dois dias, vamos dar uma festa em nossa casa, para comemorarmos os dez anos de casamento. Se estiverem ainda por cá, gostaríamos muito que viessem.

– Agradecemos o convite, mas não podemos aceitar – protestou o Ferreira.

– Teremos de pedir três vezes como se faz na Itália? Fazemos questão. Será para nós um prazer tê-los em nossa companhia. Mas enfim, se tiverem outros planos, compreendemos.

– Simplesmente não queremos incomodar. Sentir-nos-íamos uns intrusos.

– Estarão vários professores universitários, colegas do meu marido. Não terão que se sentir uns intrusos.

O Ferreira prometeu telefonar. O John entregou-lhe um cartão e disse-lhe que estivesse à vontade. O casal despediu-se com mais cumprimentos e desapareceu no interior do restaurante. Os dois amigos voltaram a sentar-se.

– Simpáticos estes americanos – comentou o Ferreira.

– Sim, muito – concordou a Dulce.

– Nunca pensei encontrar aqui, em Nova Iorque, gente assim.

– Que fazemos agora? Vamos à festa?

– O bom senso diz-me para não irmos. Não sabemos quem são e que intenções têm.

– Sabemos sim. O senhor não precisa ser tão desconfiado.

– Não sabemos, Dulce. Eles podem ter-nos contado mentiras.

– Sim, podem. Mas não creio nisso. Me pareceram pessoas educadas.

– E se pertencem a algum gangue? Podem raptar-nos para

fazer sabe-se lá o quê. Enfim, a mim não farão mais do que me despacharem com um tiro na cabeça. Mas a si poderão vendê-la aos traficantes de sexo...

– Que horror!

– Ou então pertencem a uma seita que faz sacrifícios humanos e é assim, com palavras simpáticas e convites para festas de família, que apanham as suas vítimas, como se faz aos ratos com um pedaço de queijo preso numa ratoeira.

– O senhor está fazendo o roteiro de um filme, não está? A Grace e o John, e creio que é o nome verdadeiro deles, são gente honesta. Confie em mim.

– Então a Dulce quer ir a essa festa?

– Quero. Por curiosidade. Mas se o senhor tem assim tanto medo, não vamos. Não sabia que os portugueses eram tão medrosos. Onde estão esses bravos marinheiros que atravessaram mares desconhecidos?

– Não é medo, senhora Marquesa. É apenas cautela. Os portugueses não são cobardes. Pelo menos este que a senhora tem à frente. Enfim, temos dois dias para decidir.

Abandonaram a esplanada e deram mais um passeio pela margem do lago. Quando chegaram a uma das saídas, pareceu-lhes não ser má ideia irem andando a pé. O trânsito àquela hora estava impossível e não era aconselhável apanhar um táxi. Poderiam jantar pelo caminho e, quando anoitecesse, se estivessem ainda longe do hotel, apanhariam então um táxi.

– Amanhã gostaria de ir visitar a estátua da Liberdade – disse o Ferreira enquanto caminhavam por uma avenida barulhenta.

– Eu gostaria de visitar o Metropolitam Museum. Tanto quanto sei, fica aqui perto. O senhor quer vir comigo?

– É um grande sacrifício. Como poderá compensar-me?

– Porque é que o senhor Cavaleiro não gosta de museus?

– Parecem todos iguais. Estão cheios de velharias.

– O senhor parece aquele italiano, o Marinetti, que achava que deveriam-se destruir os museus e queimar as bibliotecas, pois o importante é o presente e o futuro, não o passado. Nós somos a acumulação do passado e o futuro ainda não é nada. Os nossos genes codificam o passado.

– Não, senhora Marquesa. Os nossos genes codificam o presente, que é o nosso corpo, e o futuro, que são os seres a que podemos dar origem: os nossos filhos.

– Discussão brava, esta. Me diga: Como está o Huguinho?

– Está ótimo. Tem reagido bem à separação dos pais. Estou com ele quase todas as semanas. Vamos ao cinema, às compras, comemos juntos, brincamos um pouco...

– E sua ex-esposa, já se virou?

– Virou como?

– Oh, desculpe! É uma expressão do Brasil. Pergunto se ela superou a situação e arrumou outro homem.

O Ferreira suspirou.

– Ela quer que eu volte para casa.

– E o senhor vai voltar?

– Não.

– Porquê?

– Seria muito mau para os dois e para a criança.

Não contara à amiga a verdadeira razão do divórcio. A Dulce nada sabia acerca da Maribel e a pretensa gravidez. Na versão que lhe contara, sublinhou o facto de se dar mal com a Ângela. Referiu que a ex-esposa não era uma mulher carinhosa e procurava mil desculpas para escapar ao dever conjugal. Tudo isso era verdade e por isso ele não se sentia incómodo por não lhe contar tudo. Não queria que a amiga soubesse das suas outras aventuras amorosas. As mulheres detestavam saber que havia outras. Embora não houvesse compromissos entre ele e a brasileira, o princípio básico entre amantes, mesmo intermitentes como eles devido à distância, era de evitar ciúmes desnecessários.

– E o senhor, já arrumou uma namorada? – perguntou a Dulce enquanto atravessavam uma passadeira entre dezenas de transeuntes apressados.

– Uma ou outra. Mas nada de sério.

– O senhor não me contou...

– Como lhe disse, não foi nada de sério. Daí não lhe ter contado.

– E quem eram elas?

– Uma colega de Lisboa, uma ex-colega de mestrado... Não foram mais do que alguns encontros.

– O senhor está separado quase há um ano e não sente necessidade de estar com uma mulher?

– É uma questão de hábito. E a senhora como tem feito? Pelo que conta do seu marido...

– Como tenho feito?

A Dulce sorriu, hesitando na resposta.

– O senhor sabe que os dedos indicador e médio têm muita utilidade, não sabe? – acabou por dizer.

– Não sei, mas posso imaginar.

– Pois então!...

Ambos sorriram.

– Nos dias que estiver em Nova Iorque, a senhora pode dar um descanso aos dedos. Deve evitar as tendinites.

Ela meteu-lhe a mão no braço e seguiram, muito divertidos, ao longo da avenida engarrafada de táxis amarelos e limusinas negras que buzinavam com violência como se isso resolvesse o problema do trânsito.

Nos dois dias seguintes, além das horas passadas na cama a dar sustento à líbido, apresentaram as comunicações no congresso, subiram ao Empire State Building, visitaram a estátua da Liberdade e percorreram as salas do Metropolitan atafulhadas de arte. Ainda pensaram em ir assistir a um musical na Broadway, mas preferiram descansar, depois dos passeios, nos braços um do outro.

No dia em que apresentaram as comunicações, o Borges apanhou o Ferreira no corredor e perguntou-lhe onde se tinha metido. Andavam todos preocupados. Pensaram até se não teria sido raptado. Ele tranquilizou-o. Estava tudo bem. Andava a aproveitar a estadia para visitar a cidade.

— Sim, imagino. E pelos vistos, bem acompanhado... – comentou o Borges com ironia, revirando os olhos para a brasileira que o acompanhava.

— Se me desculpas, vou andando. Depois contas-me do congresso.

Brooklyn

Na tarde em que decidiram subir ao Empire State Building, passaram quase duas horas à espera numa fila. Após os pretensos atentados do 11 de setembro e com a queda das torres do World Trade Center, o edifício projetado por Gregory Johnson em 1929 passou a ser o mais alto de Nova Iorque, tornando-se, novamente, num dos principais pontos de atração turística da cidade. Ir a Nova Iorque e não subir ao Empire State Building era o mesmo que ir a Florença e não subir ao Duomo ou ir a Braga e não subir os escadórios do Bom Jesus.

No elevador, Marco Ferreira sentiu-se mal, e pensando que ia desmaiar, segurou-se à sua amiga Dulce. Alguns turistas que os acompanhavam queixaram-se de tonturas e o funcionário negro que comandava o elevador explicou que a subida rápida podia causar alguma má disposição, mas não era nada de grave. Logo que chegassem ao cimo, estariam todos OK. E assim foi. Os dois amigos deram uma volta pelo miradouro a 373 metros de altura, tiraram algumas fotografias e voltaram a descer.

De regresso à zona dos hotéis, por insistência da Dulce, o Ferreira telefonou aos Macnab a informar que aceitavam o convite para a festa. Meia hora mais tarde, a Grace ligava para dizer que não precisariam de apanhar um táxi para Brooklyn, onde era a residência. Um casal amigo passaria para os apanhar onde lhes desse mais jeito.

Cada um entretanto foi para o seu hotel descansar um pouco e vestir-se para a festa. O Ferreira telefonou ao Huguinho, contando-lhe que tinha comprado um boné a dizer NY, a máscara e a *T-shirt* do Homem Aranha. Telefonou também à mãe e ficou a saber que o pai continuava a queixar-se, mas os médicos pouco ou nada faziam.

Quando se dirigiu, já devidamente enfarpelado, ao ponto de

encontro, depressa esqueceu as preocupações familiares.

— A senhora parece que vai a um baile! – exclamou quando, à entrada do hotel onde seriam recolhidos, viu a amiga brasileira, que levava um vestido negro muito decotado, saltos altos e o cabelo apanhado atrás.

— E o senhor também! Nunca o tinha visto de gravata.

— Oh! É apenas um trapo colorido, a única coisa feminina que é permitida a um homem usar sem que seja posto a ridículo.

— E o senhor lamenta isso? Tem de experimentar outras coisas femininas.

— O quê?

— Uma *lingerie*, bem curtinha. Ou um vestido de seda esvoaçante.

— Isso jamais!

— Porquê? Tem receio de pôr em causa sua masculinidade?

— Creio que não me sentiria bem numa coisa tão minúscula como umas calcinhas de senhora. Sobrariam carnes por todos os lados.

— Mas olhe que a roupa interior feminina é bem mais bonita e confortável do que essa coisa feiíssima que os homens usam e que se chamam cueca. Que nome horrível!

— Eu não direi horrível. Talvez de mau gosto. Mas as palavras não as inventámos. Usámos as que há.

— Alguém inventou essa de cueca. Nós podemos inventar outra mais gentil.

— A senhora é que é a linguista... Mas parece-me difícil inventar palavras. Não será por acaso que elas se mantêm praticamente as mesmas durante séculos.

— Não tão difícil como parece, senhor professor de Ciências da Cultura. O que sobretudo nossos antepassados têm feito é ir acrescentando sufixos e prefixos a umas poucas de palavras primitivas. *Et voilá*: elas se multiplicam como moscas. 80% das entradas dos dicionários são palavras derivadas. Cueca, por exemplo, é uma palavra derivada por sufixação: *cu* mais *eca*...

– E então que palavra menos bárbara e mais gentil poderemos nós inventar para substituir *cueca*?

– Primeiro necessitamos de uma palavra primitiva. Depois escolhemos um sufixo que mais se ajuste.

Mas não tiveram tempo de o fazer. Chegava nesse momento o carro com o casal que lhes daria boleia.

– *Marco Ferreira and Dulce Cagliari?* – perguntou o condutor.

– *Yes* – respondeu o Ferreira.

– *Come in! I am William Spittel and she is my wife, Martha.*

– *How do you do?*

Trocaram cumprimentos através dos vidros descidos e os dois amigos entraram para o banco de trás do *van*.

Enquanto avançavam pelo trânsito ainda caótico, o Ferreira foi pensando que o veículo devia consumir tanto combustível como um camião. O condutor atravessou diversas ruas e avenidas até chegar a uma das pontes que ligava Brooklyn a Manhatan. A viagem demorou mais de meia hora, o que afinal não foi muito, tendo em conta as circunstâncias. O William era sem dúvida um condutor experiente na selva de betão.

A residência dos Macnab ficava numa rua ladeada de casas de dois e três andares construídas em madeira pintada de cores berrantes. O William estacionou o *van* alguns metros à frente, pois os outros lugares estavam já ocupados. Os quatro saíram e dirigiram-se para a residência, com a luz exterior acesa e a porta aberta. O Ferreira achou arriscado deixar a porta aberta naquele bairro que era famoso pela criminalidade. Mas quem se atreveria a assaltar uma casa cheia de gente?

Entraram sem tocar e foram encontrando outros convidados com quem trocaram cumprimentos. Os anfitriões estavam na sala de estar. Logo que a Grace viu os recém-chegados, dirigiu-se a eles com um grande sorriso.

– Estamos muito contentes por terem vindo – disse depois de cumprimentar o Ferreira e a Dulce.

O John aproximou-se entretanto e distribuiu *shake hands*. Em seguida, afastou-se com o Ferreira e o William e levou-os até ao bar. As duas americanas ficaram a fazer perguntas à Dulce sobre o Brasil, um país que as encantava.

Chegaram mais dois casais, um pouco atrasados, e os anfitriões, uma vez que já não faltava ninguém, decidiram servir o jantar. Abriram a copa, com uma mesa repleta de travessas de carnes frias, saladas, canapés, queijos, doces e frutas, e cada um serviu-se do que lhe apeteceu.

De pé, com um prato na mão, o Ferreira contou vinte e duas pessoas. Estranhamente, não havia nem idosos nem crianças. Comentou o facto com a Dulce e ela explicou-lhe que era uma festa para os amigos do casal e não para a família. Eram ex-colegas de faculdade, colegas de trabalho e amigos. O filho dos Macnab, segundo apurou, foi passar o fim de semana com os avós maternos no Bronx.

Os convidados, de prato na mão, foram-se espalhando pela casa a conversar e a rir. Quando, daí a meia hora, o Ferreira procurou uma casa-de-banho no primeiro andar, por achar que teria mais privacidade, foi descobrir um grupo de mulheres num dos quartos, umas sentadas, outras deitadas na cama. Deviam estar a falar de roupa e sapatos, conjeturou. Pediu desculpa e afastou-se.

Entretanto, foi convocada toda a gente para a sala de estar e houve discursos. Os oradores louvaram a perseverança do casal em aguentar firmemente dez anos de matrimónio, desejando, no mínimo, outros dez. Fizeram-se brindes com champanhe e vinho branco que os aniversariantes agradeceram em poucas mas emocionadas palavras.

– E agora – disse o John – é que a festa vai começar. Continuação de um bom serão para todos e divirtam-se. Como é costume, a única regra é que ninguém force ninguém a fazer aquilo que não quer. Se isso acontecer, e esperamos que não, só tem de dizer a palavra mágica e sair.

Bateram-se palmas e deram-se vivas. Alguns casais afastaram

as cadeiras e os sofás para o lado e no centro da sala começaram a dançar ao som da aparelhagem sonora que debitava *jazz* e música *pop* dos anos noventa.

Depressa a Dulce foi arrastada para a dança e os novaiorquinos, vendo que ela era espantosa a abanar as ancas, não a largavam. O Ferreira encostou-se ao bar com um copo de uísque na mão a apreciar.

— Está a gostar da festa? – perguntou a Grace, que se colocara a seu lado.

— Sim, muito.

— Vejo-o com ar aborrecido.

— É do cansaço. Hoje subimos ao Empire State Building.

— A pé? Coitados! Mas os elevadores estavam avariados?

— Não... Mas fomos a pé até ao edifício e voltámos.

— Andar a pé em Nova Iorque é cansativo. – comentou a americana. Depois olhou a Dulce, que dançava no meio da sala, e acrescentou: – A sua colega dança muito bem.

— É brasileira, da terra do samba.

— É sua namorada?

— Não. Somos apenas amigos.

— Então quer dizer que não há nada entre os dois?

— Vivemos muito longe um do outro. Só nos vemos em congressos. É a segunda vez que nos encontramos pessoalmente.

— Ela é casada, não é? Usa aliança...

— Sim, é.

— E o Marco?

— Separei-me há pouco tempo.

— Por causa dela?

— Não. Como lhe disse, somos apenas amigos. Jamais permitiríamos que a nossa amizade interferisse na vida pessoal de cada um.

— O Marco é um homem sensato. Sabe que aqui, neste grupo de amigos, todos pensamos dessa forma?

— Não é difícil de pensar dessa forma. Mais difícil é encontrar homens e mulheres que estejam no mesmo lugar e que pensem como nós.

– Somos um grupo muito especial. Terá oportunidade de o constatar. Peço-lhe todavia que não se sinta retraído. Já vi que a sua amiga é bastante desinibida e não haverá problemas com ela.

Havia qualquer coisa que estava a escapar ao Ferreira. Primeiro foi o dono da casa a referir-se a uma palavra mágica e a dizer que ninguém deveria forçar ninguém a fazer aquilo que não queria; agora era a esposa a falar-lhe de um grupo muito especial e a pedir-lhe para não se sentir retraído. Aquilo cheirava-lhe a esturro. Estava para solicitar um esclarecimento, mas a Grace adiantou-se, convidando-o para dançar. Ele escusou-se. Face à insistência, acabou por acompanhá-la. Não era difícil abanar o esqueleto. A Dulce estava a dois ou três metros de si. Rodava, saracoteava, erguia os braços, agitava as mãos, a cabeça e o cabelo que entretanto soltara. O John e o William acompanhavam-na, rodeando-a, tentando imitar-lhe os gestos.

Passava da meia-noite quando o Ferreira e a Grace fizeram uma pausa e foram sentar-se num sofá. Perto estava a Martha com um copo de champanhe. As duas amigas embarcaram numa conversa que muito inquietou o professor lusitano.

– O teu marido – dizia a Grace apontando para o grupo que dançava – entusiasmou-se com a brasileira.

– Mas olha que o teu não lhe fica atrás – retrucou-lhe a outra.

– Ainda bem. Hoje não precisamos de nos preocupar com eles.

– Trocar e variar – explicou a Grace ao Ferreira – é a base destes nossos encontros. Mas nem sempre isso é possível. Afinal já todos nos conhecemos.

– Das vinte e tal pessoas que aqui estão, tirando os dois novos convidados, já todos estivemos uns com os outros – ajuntou a Martha.

– Sim, é verdade. O número, apesar de tudo, é espantoso.

Podemos, sem quaisquer remordimentos de consciência, conflitos morais, emocionais ou afetivos, estar cada qual com dez parceiros. Na vida normal, isto seria impossível.

— Não sei se cheguei a dizer-te, Grace: desde que temos estes encontros, o William tornou-se mais afetuoso, anda menos stressado e na cama é um assombro. — E deu um risinho. — Isto que temos feito melhorou realmente a nossa vida conjugal.

— Mas o que dizes é ótimo! Vocês no início tiveram alguns problemas de adaptação ao grupo. Alguns casais não conseguem aguentar-se, têm ciumeiras, complexos de culpa, e somos obrigados a dizer-lhes para não voltarem.

— Sim. A Katy e o Malcolm, depois de duas festas, ficaram tão alterados que acabaram por pedir o divórcio. A culpa foi mais dele que dela. Não suportou vê-la na cama com outros.

— São situações extremas. Mas enfim, não significa que isso não volte a suceder. Mas as causas não deverão ser imputadas ao grupo. As pessoas casam-se e separam-se. Faz parte da vida.

— Sim, concordo. No entanto, o que tenho visto é que as nossas festas têm aproximado os casais. Eu falo por mim, claro. Tem-nos servido como terapia. E esta não vem nos livros.

— Havemos de escrever um e ficar ricas.

— Boa ideia. Sugiro o título: *Swing Terapy*.

Estariam elas a falar da troca de casais?, interrogou-se o Ferreira cada vez mais inquieto. E atreveu-se a perguntar.

— Sim, o nosso grupo de amigos pratica o *swing*, mas de uma forma peculiar – explicou a Grace. – Fazemos sexo em grupo: normalmente um homem e duas mulheres ou dois homens e uma mulher. Também fazemos grupos de quatro em certas circunstâncias, para que ninguém fique de fora. Mas com quatro não é tão divertido.

— Mr. Ferreira já praticou sexo em grupo? – perguntou a Martha interessada.

— Não.

— E tem algum problema a esse respeito?

– Não tenho preconceitos a nível sexual, que eu saiba.

– Já se deitou com homens?

– Não, nunca.

– E porquê?

– Não me atraem. O suor masculino é-me repulsivo.

– E o feminino, não?

– É diferente. Os cheiros femininos têm feromonas que atraem os machos. Pelo menos é o que dizem os cientistas. Um homem que se sente atraído pelas feromonas de outro homem tem um desarranjo qualquer.

– Afinal, Mr. Ferreira é preconceituoso a respeito do sexo.

– Tirando a homossexualidade masculina, posso afiançar que não.

– E a homossexualidade feminina?

– Não me parece tão agressiva.

– Isso não será uma opinião um tanto machista, Marco? – perguntou a Grace.

– É, de facto. E não o escondo.

Elas sorriram. Parecia agradá-las o facto de terem ali um homem à antiga.

Eram duas belas mulheres, considerou o Ferreira. E se queriam ambas folguedo, ali estava ele, à sua inteira disposição. A Grace era alta, com os lábios muito bem desenhados, o cabelo escuro, os olhos castanhos e a pele clara. A Martha, um pouco mais baixa, tinha o cabelo castanho ondeado, os olhos azuis e os lábios finos de mulher prudente e moderada. Começando o champanhe a fazer-lhe efeito, atirou-se descaradamente ao convidado, pondo--lhe a mão na coxa enquanto a Grace explicava os princípios do grupo de amigos.

Ele olhou em volta a determinada altura e não viu a Dulce. Teria ido à casa-de-banho? Mas também não viu o John e o William. Veio-lhe de súbito à ideia que talvez tivesse ido com eles para algum dos quartos. Ficou um tanto enciumado. Se isso aconteceu, ela deveria, no mínimo, ter-lhe dado uma satisfação.

Embora a música se continuasse a ouvir, já ninguém dançava. Num sofá do lado oposto da sala, outro grupinho conversava,
duas mulheres e um homem, de copos na mão. As restantes visitas
tinham desaparecido.

— Não se preocupe com a sua amiga — disse a Grace. — Ela está
bem. — Se quiser, podemos ir procurá-la e ver o que anda a fazer.

O Ferreira hesitou. Mas pouco seguro das intenções daquela
gente, levantou-se do sofá, decidiu ir ver o que se passava. Não
que acreditasse que a estivessem a sacrificar nalgum ritual satânico.
Temia, contudo, que a forçassem a fazer alguma coisa contra a sua
vontade.

— É melhor dar uma olhada — replicou.

— Nós acompanhamo-lo.

Nas divisões do rés do chão não estava. Subiram ao primeiro
andar, onde havia três quartos. Todos estavam de porta cerrada
com um aviso de vinil pendurado a dizer *Do not disturb* e com
três corações desenhados.

— Não podemos interromper — afirmou a Grace. — É a regra.

Chegavam ao corredor murmúrios, risos e palavras entre-
cortadas.

— Então como sei se ela está nalgum desses quartos?

— Como vê, é difícil de saber. Mantemos alguma privacidade.
Mas como é um caso especial, talvez possamos resolver de outro
modo.

A Grace encostou-se a uma das portas e, em voz alta, perguntou:

— John, querido, estás aí?

Do lado de dentro uma voz feminina respondeu, a rir, que
não.

Repetiu a pergunta nas outras portas e a resposta foi a mesma.

Subiram ao sótão, onde havia dois quartos. A resposta
também foi negativa. Faltava o quarto da cave. Desceram, com a

Martha agarrada ao corrimão um pouco tonta. Estava vazio.

– Onde se terão metido? – perguntou a Grace intrigada.

– Devem estar num dos quartos por onde passámos... – sugeriu a Martha – a divertirem-se, e nós aqui, preocupados. E se fizéssemos o mesmo?

As duas mulheres empurraram o Ferreira para o quarto vago. Enquanto o despiam, trocavam breves comentários acerca da cor e da macieza da pele do cavalheiro que escolheram, do pelo farto no peito, das mãos compridas, do cabelo liso e fino em tons de cinza que lhe dava um charme especial, da ausência de matéria adiposa nas partes abdominais, da secura e rijeza dos músculos das pernas e dos braços.

– Mr. Ferreira tem um corpo de atleta – disse a Martha com entusiasmo.

– Não pratico nenhum desporto... – confessou ele.

– Não é possível! – exclamou a Grace. – O John vai duas vezes por semana ao ginásio e não consegue acabar com os excessos adiposos aqui.

E passou a mão pelo ventre do professor, direito como uma tábua.

Deixaram-se, porém, de comentários quando lhe desceram as cuecas e o obrigaram a deitar-se na cama. A Martha ofereceu de imediato a boca e, enquanto a amiga se despia, foi excitando o membro do convidado. A Grace subiu para a cama e, de pé, as pernas abertas, foi-se agachando até ficar com a mata escura encostada à boca dele. Mais abaixo, a Martha regalava-se com o membro espetado no ar.

Enquanto comia e era comido, o Ferreira pensava na sorte que tinha. Embora o imaginasse por diversas vezes, sobretudo quando era adolescente, nunca pensou que pudesse algum dia fazer sexo com duas mulheres bonitas e que não eram prostitutas. Por isso empenhou-se o melhor que soube e pôde.

Acabou por ejacular na boca de uma delas, não sabia dizer qual. A festa ainda não tinha terminado. A Grace e a Martha queriam a sua parte e bem grossa e dura. Com um gole de champanhe – havia garrafas e copos no quarto – e mais algumas chupadelas, o membro regressou ao seu estado vertical e, depois de protegido por um preservativo com estrias, aroma de morango e retardante que elas próprias lhe puseram, possuiu uma de cada vez.

A que aguardava ia-se entretendo, esfregando-se e fazendo linguado com a amiga ou sugando-lhe as tetas. Foram quatro as rodadas e na última, como ele, atordoado com o champanhe, não se vinha – a Grace pôs-se a jeito e deu-lhe livre trânsito para o vaso impróprio. Foi remédio santo.

Mau tempo

O avião sobrevoava o Atlântico de regresso ao Porto enquanto o Ferreira fazia uma sinopse do que acontecera em casa dos Macnab. Não estava nada satisfeito com a *performance*. É verdade que satisfizera as duas americanas. Mas foi por pouco que não falhara o seu último clímax. E isso era muito humilhante. O que teriam ficado a pensar? Que ele não aguentava duas ejaculações? A culpa foi do champanhe e do preservativo com retardante. Que os americanos tivessem ejaculação precoce e precisassem disso, compreendia-se. Mas ele não voltaria, nem a beber champanhe em situações semelhantes, nem a usar aquela porcaria.

– Pareces arreliado – comentou o Borges sentado no banco da esquerda. – Pensei que te tinhas divertido muito em Nova Iorque.

– Arreliado? Estou mas é cansado.

– Não é com certeza do congresso. Depois da abertura, se te vi por lá uma vez, foi muito.

O Borges queria saber, mas o Ferreira, em vez de replicar, contra-atacou:

– E tu? As professoras de Lisboa apareceram?

– Não; e ainda bem.

– O quê? Encontraste coisa melhor?

– Havia coisa melhor e em abundância, realmente. O problema é que não encontrei nenhuma suficientemente oferecida. Tive de passar os dias a ouvir comunicações e à noite ia para os copos aí com esses dois. – E apontou para os colegas num banco mais à frente. – Descobrimos um bar perto do hotel.

– E as nativas?

– As novaiorquinas? Eu só vi putas, pretas e gordas.

– Há negras tão ou mais bonitas do que as brancas.

– Não me lixes!

Calaram-se e o Ferreira voltou à sinopse mental da receção em casa dos Macnab.

Depois do *ménage à trois*, meteram-se no duche e ainda trocaram mais uns beijos e umas carícias. A Martha não lhe queria largar o membro e foi preciso a Grace intervir. Vestiram-se e voltaram à sala. Tinha passado pouco mais de uma hora. A dona da casa sugeriu que comessem qualquer coisa. Serviram-se na copa de carnes frias e pedacinhos de fruta e foram sentar-se nos sofás. O Ferreira bebeu um copo de água para repor os líquidos que perdera com a suadeira. Só então é que comeu.

Entretanto, foram regressando os outros convidados, que ora se sentavam um pouco, ora se serviam de qualquer coisa para comer e beber, ora se despediam, pretextando ser muito tarde. O William desceu num dos grupos, mas com ele não vinha nem o John, nem a Dulce, o que muito espantou o trio.

– Onde está o John? – perguntou-lhe a Grace?

– Deve estar lá fora com a brasileira.

– Lá fora?

– Ela sentiu-se um pouco indisposta e quis apanhar ar fresco. O John acompanhou-a.

O Ferreira e a Grace levantaram-se e saíram, deixando a Martha a perguntar ao marido se se tinha divertido.

Encontraram os dois no alpendre da casa, sentados num banco de madeira com duas garrafas de água mineral vazias ao pé.

– Então estão aqui! E nós que os procurámos pela casa toda! – disse a Grace.

– Oh, desculpa, querida. Mas estava tanta confusão lá dentro, que decidimos ficar aqui, na conversa. A Dulce sentiu-se um pouco indisposta. O ar da noite fez-lhe bem.

– Mas podem apanhar uma constipação!

– A noite está ótima.

– E já está melhor? – perguntou a dona da casa voltando-se para a Dulce.

– Sim, estou. Deve ter sido da dança e do vinho branco. Não estou habituada.

O Ferreira disse que era melhor irem andando, pois ele teria avião dentro de algumas horas. Despediram-se dos anfitriões, agradecendo o convite.

— Sempre que vierem a Nova Iorque, telefonem. Temos todo o gosto em recebê-los – disse a Grace com um largo sorriso.

Os Spittel despediram-se também e deram boleia de volta a Manhatan aos estrangeiros. A viagem foi silenciosa. O trânsito às duas da manhã era um pouco menos denso e chegaram rapidamente ao hotel. As pontes sobre o rio Hudson e os arranha-céus iluminados eram espantosos. Santo Agostinho, pensou o Ferreira, se visse aquele espetáculo, imaginaria que estava a aproximar-se da cidade de Deus. E como se enganava!

Já no hotel, a Dulce, talvez pelo avançado da hora e pela pouca probabilidade de encontrar na receção e nos corredores as colegas brasileiras, pediu ao amigo para ficar. E ele ficou.

No quarto, deitados um ao lado do outro, fizeram alguns comentários sobre a estranha festa de que acabavam de voltar.

— O senhor se divertiu? – perguntou ela.

— E a senhora?

— Um pouco, sim. Mas não tanto como o senhor.

— Pois. Ficou indisposta...

— Sim, essa indisposição foi providencial. Sabe que aqueles dois me queriam levar para um quarto?

— Sim? E a senhora que lhes disse?

— Fingi que não entendi. Como insistissem, lhes disse que estava indisposta.

— Mas porque é que não veio falar comigo? Teríamos vindo embora.

— Fui eu que insisti que aceitássemos o convite. O senhor tinha razão. Aquela gente é esquisita. E eu devia ter desconfiado. Mas como o vi tão entretido a conversar com as americanas, não quis incomodar. Mais tarde, quando eu tive de ir no banheiro, o senhor e aquelas duas tinham desaparecido.

— A senhora desapareceu primeiro.

– Eu fui para o alpendre. O John me fez companhia. Foi muito cavalheiro e não insistiu mais. Estivemos conversando sobre o nosso trabalho na universidade. É um homem muito culto, para economista. E ama realmente o Brasil. Diz que vai voltar no próximo ano e fará uma visita aos lugares que eu sugeri. E essas duas, também forçaram o senhor?

– Não forçaram...

– Não forçaram?

– É contra as regras.

– E então que aconteceu?

– Nada. Andámos à sua procura, muito preocupados. Deve ter sido quando a senhora entrou para ir ao banheiro. Andámos no sótão e na cave a chamar às portas dos quartos...

– Me dê um beijo.

O Ferreira deu-lhe o beijo. Mas teve de se aplicar bem mais, pois a amiga, voltando-se e pondo-se sobre ele, exigiu-lhe o devido.

Acordaram passava das onze. Fizeram amor uma última vez, para a despedida, apesar de a líbido estar mais que satisfeita, e foram almoçar a um restaurante mexicano. Deram na rua um abraço muito apertado e o Ferreira voltou ao seu hotel para fazer as malas. Encontrou os colegas na receção.

– Onde raio te meteste? – perguntou o Borges zangado. – Não sabias que tínhamos de entregar o quarto antes do meio-dia? Tive de ir ao teu guardar as coisas. Estavas sujeito a que as empregadas da limpeza atirassem com tudo ao lixo.

– Desculpem. Fui tratar de um assunto e atrasei-me.

– Vai contar essa a outro! Tu não pões os pés no hotel desde ontem, no mínimo.

Os outros colegas riram-se.

– De qualquer forma, obrigado por tomarem conta dos meus pertences.

Pegou na mala e arrastou-a até uma casa-de-banho próxima. Abriu-a e constatou que estava caótica. O Borges enfiara tudo ao calha. Depois de mudar de camisa, de cuecas e de meias, retirou e repôs a roupa devidamente. Regressou ao grupo e o Borges informou-o de que lhe tinha feito o *check-out* e pago o quarto. Estava a dever-lhe 430 dólares.

– Obrigado.

Chamaram um táxi que os levou ao aeroporto de Newark. Ainda esperaram, depois de passarem as barreiras com os detetores e os apalpanços, mais de duas horas até ao embarque.

Quando se aproximou do aeroporto Sá-Carneiro, o avião teve de atravessar uma espessa camada de nuvens que o fez sacudir como uma motorizada a passar por um caminho de cabras. Alguns dos passageiros entraram em pânico e puseram-se aos gritos. Mas o avião lá foi descendo, fustigado pela chuva e pelo vento, até poisar na pista.

Depois de recolherem as bagagens, os quatro professores da Universidade D. Dinis atravessaram a alfândega. Ao Borges, que levava a mala maior, o guarda de serviço fê-lo parar e obrigou-o a segui-lo até ao cubículo ao lado para uma vistoria. Os outros saíram e aguardaram pelo colega num café próximo.

O Ferreira aproveitou para telefonar à mãe, a dizer que tinha chegado. Esta contou-lhe que o pai fora ao médico mostrar as análises que fizera. Este pô-lo numa dieta rigorosa e receitou-lhe um ror de comprimidos. Mas nem por isso se sentia melhor.

– O teu pai anda tão abatido... Diz que vai morrer. Eu já não sei que lhe diga e que lhe faça.

– Há-de morrer nada! É preciso ter paciência. Se ele fizer a dieta correta e tomar a medicação, daqui a umas semanas estará como novo.

– Deus te ouça, meu filho. E a viagem como correu?

– O avião balouçou um bocadote antes de aterrar, mas nada de preocupante.

– Ai, meu filho, não me assustes! Ainda há dias caiu um.

– Mas este não caiu. Daqui a uns dias telefono-lhe para saber como estão as coisas. Trouxe-lhe um prato.

– Um prato? Bem que me podias ter trazido um saquinho

de rebuçados... Gosto tanto dos rebuçados franceses... E o teu pai também.

– Mas eu não estive na França, mãe. Foi na América.

– Não me digas que por lá não há rebuçados franceses!...

– Talvez haja.

– Paciência. Traz-me lá o prato. Mas da próxima quero uns rebuçadinhos. É o que me dá mais gosto. E ao teu pai.

Mãe e filho despediram-se e o Ferreira ligou para a ex-mulher. Tinha acabado de deixar o Huguinho na escola.

– Como está o miúdo?

– Bem – disse ela secamente.

– Desculpa não ter ligado mais cedo. Acabei de chegar.

– Nos dias que estiveste fora, telefonaste apenas uma vez.

– Sabes que há uma diferença de horário bastante grande e, quando vós podíeis atender, estava eu ocupado ou a dormir.

– Pois sim. Quando passas por cá?

– No sábado.

– Não podes vir antes?

– Sabes que tenho aulas durante a semana.

– Precisamos de conversar. Já pensaste naquilo?

– Sim, pensei.

– E então?

– É melhor falarmos no assunto quando eu aí for. Estou acompanhado...

– Por quem?

– Pelos colegas que foram comigo. Estamos no aeroporto à espera que o Borges se despache. Os guardas da alfândega lembraram--se de lhe revistar a bagagem. Seguimos todos no mesmo carro.

– Então adeus. Telefona ao fim da tarde para o Huguinho.

Depois de desligar, marcou o número da Ingrid. Desde que saíram para os Estados Unidos, não voltaram a falar. Ele enviou-lhe uma mensagem no primeiro dia, mas não recebeu resposta. Entretanto encontrou a Dulce e nunca mais pensou na austríaca. A rapariga devia estar furiosa.

– Bom dia, Ingrid – saudou quando ela atendeu.

– *Hello!* Como estás? Ainda em Nova Iorque?

– Não. Acabei de chegar. Como vão as coisas na universidade?

– De acordo com o previsto.

– Voltaste aos locais onde encontrámos os viveiros de plantas?

– Sim, voltei. Consegui recolher amostras e estudar convenientemente o *habitat* dos viveiros que selecionei. Tenho imensos dados.

– Alugaste um carro para ir ao Douro?

– Não... O teu colega, o Licínio, ofereceu-se para me levar. Tem sido muito prestável.

«Imagino!», disse o Ferreira para consigo. Depois perguntou:

– Estás livre hoje à noite? Convido-te para jantar.

– Não posso. Preciso de rever alguns dados...

O Ferreira ficou muito desagradado com a resposta. Então acabava de chegar de uma viagem e ela, em vez de estar ansiosa para lhe cair nos braços, dizia que tinha de rever a porcaria de uns dados? Parecia uma desculpa esfarrapada. Aquilo trazia água no bico e o mais certo era o Licínio estar por detrás.

– Então até qualquer dia – acabou por dizer com desdém. E desligou.

Para não se chatear mais, guardou o telemóvel no bolso do casaco. Mal chegava, as notícias não poderiam ser mais desagradáveis: o pai doente, a ex-mulher a censurá-lo por não ter telefonado e a amante a dar-lhe a entender que andava a esfregar-se com outro.

Sentia-se moído. As últimas noites passara-as praticamente sem dormir. Se o Borges demorasse um pouco mais, adormeceria na cadeira.

Mas isso não aconteceu. O colega aproximou-se a arrastar a mala, com ar muito arreliado.

– Aqueles cabrões obrigaram-me a despejar a mala – disse

sentando-se à mesa. – Até as cuecas sujas quiseram ver.

– E encontraram alguma coisa ilegal? – quis saber o Barroso.

– Queriam pegar por causa da câmara fotográfica que eu requisitei nos Serviços de Audiovisuais da universidade. Felizmente a câmara tinha o logotipo. Mesmo assim, disseram que eu, antes de sair para os Estados Unidos, deveria ter pedido um documento na alfândega a comprovar que a levava daqui. Isto é de doidos.

– Se tivesses comprado o tal portátil, estavas à pega – comentou o Bastos.

– Ufa! Ainda bem que não o comprei. Mas da outra vez passei sem problemas. E levava dois portáteis.

O Borges tomou um café para se acalmar e, sem mais detenças, os quatro dirigiram-se para o estacionamento.

Logo que chegou ao apartamento, depois de agradecer a boleia ao Barroso, dono do carro, o Ferreira despiu o casaco, tirou os sapatos e deitou-se na cama redonda. Adormeceu em seguida e só acordou ao fim da tarde um tanto desnorteado. Pensou que estava no hotel em Nova Iorque. Despiu-se e meteu-se no jacúzi. Enquanto a água quente borbulhava à sua volta, pensou naquele grupo de casais novaiorquinos cujo principal entretenimento era o *swing*. Havia grupos que iam à pesca ou à caça; faziam esqui, montanhismo, escalagem ou canoagem; jogavam *pocker*, *bowling*, *paintball*... Mas aquele juntava-se para fazer sexo em grupo. Tudo gente respeitável e culta, do mundo dos negócios e do mundo académico, aparentemente feliz e satisfeita com os seus companheiros conjugais. Seria isto um sintoma de degenerescência das sociedades? Dizia-se o mesmo do Império Romano, em que a sociedade se tornara debochada, e isso terá sido uma das causas da sua queda à mão dos bárbaros.

Mas o Ferreira não acreditava nisso. Não era por causa do sexo que as sociedades e os impérios se perdiam. Nalguns casos, foi até a falta de sexo. O português, por exemplo, com a Igreja a condenar toda e qualquer prática que não fosse a legítima, canónica e procriativa. E até essa, em certos casos, era considerada pecaminosa. Quando se começa a proibir o sexo, ou a criar-lhe demasiados estorvos morais, legais e religiosos, acaba-se a proibir os livros, a coartar o direito à liberdade e à indignação. Talvez o sexo, considerou o Ferreira mergulhando no jacúzi até ao pescoço, pois estava a sentir frio nos ombros, estivesse na origem da democracia e do progresso. Teria de refletir nessa hipótese. Daria uma boa página para o seu próximo livro, embora soubesse à partida que algum cretino que o viesse a ler a considerasse um disparate.

Saiu do jacúzi, vestiu o roupão e foi para a cozinha. No frigorífico havia três iogurtes fora do prazo de validade, uma cenoura murcha, dois tomates demasiado maduros, um pedaço de queijo com bolor e quatro ovos. Recolheu os ovos, bateu-os numa caçarola e deitou a mistela numa frigideira com um pouco de manteiga. Os ovos mexidos, a acreditar no que se dizia, seriam ótimos para lhe repor as energias desbaratadas nos últimos dias. Foi mexendo e os ovos ganharam consistência. Desligou o fogão e deitou os gromos amarelentos num prato. Entretanto lembrou-se dos tomates maduros. Talvez não ficassem mal com os ovos. Foi buscá-los ao frigorífico, lavou-os e cortou-os. Quase se lhe desfize-ram nos dedos. Para beber, desarrulhou uma cerveja sem álcool. O pai andava mal do fígado e era melhor ele ter cuidado com o seu próprio. Levou tudo para a sala num tabuleiro e sentou-se no sofá. Ligou a televisão e, enquanto comia, foi vendo o telejornal. Não perdeu muito tempo. Os escândalos políticos, o assalto ao bolso dos contribuintes, a crise, as empresas que encerravam, o desemprego, a criminalidade, as namoradas dos jogadores de futebol e o último recorde do *Guiness* enfastiaram-no. Mudou para o Canal 2 e foi-se entretendo com os desenhos animados. A essa hora o Huguinho devia estar também a vê-los. Tinha saudades do filho.

Depois de comer, achou por bem desfazer a bagagem. Havia um monte de roupa suja, os presentes do Huguinho, o prato para a mãe e os livros que comprara. Meteu a roupa na máquina de lavar e foi para o quarto com os livros, recostando-se na cama a folheá-los. Fixou-se num cujo título era *Flying Saucers and Science*, de um tal Stanton T. Friedman, físico nuclear. Parecia ser bastante esclarecedor acerca do fenómeno ovnilógico e da tentativa de o governo americano o encobrir e negar. Toda e qualquer ocorrência era desvalorizada e posta a ridículo, irrelevando-se provas, indícios e testemunhos. E para quê? Para não alarmar a população, para proteger importantes segredos científicos que iam sendo aplicados no desenvolvimento de novas armas e tecnologias. Reconhecer oficialmente que seres de outros mundos sobrevoavam a seu bel-prazer os céus da nação mais poderosa do mundo era complicado.

Passou cerca de duas horas a ler. Quando sentiu a vista pesada, arrumou o livro e desligou a luz. Antes de adormecer, pensou que aquele livro poderia ajudar a irmã Rafaela a compreender o que acontece em Fátima. Mas depois reconsiderou: era provável que ela não conseguisse ler em inglês.

Apesar de ter acordado cheio de energia na manhã seguinte, não tinha vontade nenhuma de ir trabalhar. Mas os alunos esperavam-no, embora ficassem satisfeitos se ele faltasse. Alguns só apareciam no dia do exame, atreviam-se a escrever uma página de disparates e tinham a lata de lhe irem dizer que esperavam ser aprovados. Para não se chatear, dava-lhes a nota mínima. Não queria ganhar mais um inimigo que, quando preenchesse o impresso de avaliação do professor, dissesse que ele era um incompetente. Um especialista em Ciências da Cultura, um dos maiores, estava sujeito a que um desses badamecos preguiçosos e ignorantes pusesse em causa, com uma frase cheia de engulhos ortográficos, o seu trabalho académico.

Ao retirar o carro da garagem, reparou que continuava a chover. A água lavou o pó acumulado na chaparia e nos vidros. Avançou para a universidade e estacionou junto ao edifício do departamento. Teve de dar uma corrida, pois esquecera-se do guarda-chuva. Antes de entrar no gabinete, foi ao cacifo ver a correspondência. Entre muita papelada de burocracia interna e convites para isto e aquilo, havia uma carta da irmã Rafaela. Estava atrasado para a primeira aula e guardou-a para ler mais tarde.

No gabinete, encontrou os calhamaços de uma tese de doutoramento que seria apresentada daí a uma semana. Ele fazia parte do júri. Pegou no material para a aula e saiu. No corredor, cruzou-se com o Licínio. Cumprimentaram-se, trocaram rápidas impressões sobre a viagem aos Estados Unidos, e o outro ia avançar, quando o Ferreira lhe agradeceu, num tom mavioso, o apoio que tinha dado à sua amiga austríaca. O Licínio disse, gaguejando, que não fez nada que qualquer um não fizesse, e afastou-se com a desculpa de que estava atrasado.

«Boa coisa não andaste tu a fazer, meu manhoso!», disse para consigo o Ferreira antes de retomar o caminho contrário para a sala de aula.

Quando, duas horas depois, voltou ao gabinete, cansado de falar dos fatores que levam à transformação das culturas, ligou o computador para ver o correio eletrónico. Tinha uma mensagem da Dulce, enviada ainda de Nova Iorque, a dizer que apreciara imenso aqueles dias na companhia do seu cavaleiro. Ficara com alguma má consciência daquela festa em Brooklyn e esperava que o bom amigo lhe perdoasse, pois fora ela a insistir que aceitassem o convite. O Ferreira respondeu-lhe dizendo que ele é que agradecia a surpresa, pois não contava encontrá-la em Nova Iorque. Desse modo, os dias que ali passou, que teriam sido um aborrecimento, foram divertidos e interessantes. Quanto à festa, não se preocupasse ela com isso. Em Nova Iorque tudo aquilo era, senão natural, pelo menos tolerado. Esteve para lhe confessar que lamentava a violação dos códigos de honra da cavalaria andante, que não permitiam que um cavaleiro se deitasse com mais de uma mulher ao mesmo tempo. Mas achou melhor calar.

Enviada a mensagem, abriu a carta da irmã Rafaela. Contava-lhe ela que andava muito triste. Conversara com as freiras acerca de Fátima e da possível explicação ufológica e ficaram muito irritadas. A superiora disse-lhe, de muito maus modos, que, além de uma blasfémia contra a Igreja e Nossa Senhora, era uma ideia muito perigosa. Em desespero, a Rafaela decidiu abrir-se com o diretor espiritual, um dos padres que fazia serviço no santuário, e ele mostrou-se indignado. Obrigou-a a fazer penitência por causa das suas dúvidas. Se não fosse a fé que tinha na bondade de Jesus Cristo, abandonava a congregação.

O Ferreira fechou os olhos. Não sabia o que lhe havia de dizer. Sentia-se culpado. Se ele não lhe fosse com aquela treta dos ovnis, a moça estaria em paz e sossego, dedicando-se a Deus e às coisas santas.

Gostos peculiares

As provas de doutoramento da assistente Filomena Liliana Ramos Fraga estavam marcadas para a segunda semana de novembro. O Professor Marco T. Ferreira, que fazia parte do júri, depois do almoço, foi a casa vestir um fato e pôr uma gravata. Antes de sair, pegou na batina e nos dois calhamaços da tese. Tinha lido no dia anterior alguns capítulos e não estava nada satisfeito. Não que a tese estivesse mal escrita ou que a candidata cometesse erros científicos graves. Mas ficou com a sensação de já ter lido muitas das passagens nalgum lado. Como nenhum membro do júri se opôs na reunião prévia, a tese foi aceite e as provas foram marcadas. Agora eram obrigados a passar a candidata se não queriam ter problemas. O que acontece é que provavelmente ninguém tinha lido a tese. Quando muito, folhearam umas páginas ou leram a introdução e a conclusão, adiando uma leitura mais substancial para a véspera das provas.

Foi a matutar nisto que entrou na sala onde se reunia o júri e se preparava para descer à aula magna onde decorreriam as provas. Ali encontrou o diretor do departamento, que presidiria, uma colega da Universidade do Porto, uma de Coimbra, uma de Lisboa e o Borges, orientador. O júri estava equilibrado: três homens e três mulheres. Se as coisas viessem a correr mal, não poderia pois a candidata queixar-se de discriminação sexual.

Por norma, uma das arguições era feita por um membro de fora e outra por um membro da casa. Coube à Professora Maria da Piedade, da Universidade Nova, começar. Em cerca de vinte minutos, pôs em causa toda a investigação, identificando incongruências, repetições e plágios. Detetara a transcrição, sem qualquer indicação da fonte, de parágrafos inteiros de diversas obras, uma das quais a do adultério na Inglaterra vitoriana. Mas o pior era a estrutura, a divisão de capítulos, a bibliografia e algum do conteúdo de uma tese apresentada à Universidade de São Paulo três anos antes acerca do mesmo tema. Embora a Maria da Piedade denunciasse tudo isso com a maior das delicadezas, o ambiente era de cortar à faca. O Borges mexia-se com nervosismo na cadeira e a candidata estava tão pasmada que nem apontava o que ouvia para depois poder defender-se.

Pouco antes de a arguente terminar, o Borges chegou-se ao Ferreira sentado ao seu lado e pediu-lhe para compor a coisa. Embora o futuro da assistente estivesse em jogo, quem ficaria mal visto era o orientador.

O presidente deu a palavra à candidata, que optou pela estratégia de culpabilização: a senhora professora Maria da Piedade, disse num tom de lamúria, tinha toda a razão. Havia muitas passagens que mereciam certamente revisão, mas os prazos começaram a apertar e viu-se forçada a entregar a dissertação com todas aquelas arestas.

Foi então a vez do Ferreira, que decidiu fazer o favor ao colega. Não que merecesse muito. Mas quem sabe um dia ele próprio viesse a estar numa situação semelhante e precisar da mesma cortesia? É verdade que o Borges falhou como orientador, pois não se salvaguardara. Deveria ter lido previamente toda a tese, detetar os plágios e exigir à candidata mais rigor, não a deixando entregar enquanto não tivesse a qualidade mínima exigida para ser apresentada em provas públicas.

O Ferreira sabia que era cada vez mais difícil a um orientador controlar a investigação dos seus orientandos. Os mil afazeres e a falta de tempo para ler acabavam por levar os orientadores a confiar. A Internet, com a facilidade de acesso a estudos já prontinhos que os autores, por vaidade ou por parvoíce, aí disponibilizavam, era uma tentação permanente. Havia métodos de detetar plágios a esse nível. Bastaria, por exemplo, pegar em meia dúzia de frases e metê-las num motor de busca. Ou utilizar *software* com funções de deteção de plágios. Era até provável, considerou o Ferreira, que a Maria da Piedade tivesse utilizado um desses métodos para descobrir o rabo à candidata. Face às razões expostas pela sua colega da Universidade Nova, a candidata não deveria ser aprovada. E o Ferreira, como académico honesto que pretendia ser, deveria na sua arguição reforçar e ratificar essas razões. Mas não o fez. Nos vinte minutos que o presidente lhe concedeu, ignorou as acusações de plágio e centrou-se no conteúdo dos capítulos que tinha lido, colocando à candidata uma série de questões acerca da condição das mulheres na sociedade portuguesa dos séculos XVIII e XIX. A assistente sabia bem a lição e desenrascou-se com algum brio. O Borges ficou aliviado.

O presidente mandou sair a candidata e o público e deu início à reunião do júri para decidir o resultado das provas. Cada membro deu o seu parecer. A Maria da Piedade reafirmou o que tinha dito: as irregularidades deveriam ser motivo de reprovação. As outras duas senhoras opinaram da mesma forma. Só o Borges e o Ferreira se mostraram a favor da aprovação. O presidente lembrou que, uma vez que o júri nada dissera de negativo na reunião prévia, estava agora numa situação delicada. Se fosse decidida a reprovação, a candidata poderia, e com toda a legitimidade, impugnar as provas e meter o júri em tribunal. De facto, se tivessem detetado atempadamente as irregularidades agora apontadas, deveriam, de acordo com os estatutos, informar a candidata, que teria quatro meses para fazer as correções necessárias. Como esse procedimento não foi feito, seria prudente evitar possíveis conflitos judiciais. Depois perguntou a cada um o sentido de voto. Todos votaram pela aprovação, exceto a Maria da Piedade, que se absteve.

Quando saíram da aula magna, a colega de Lisboa, a meia voz, manifestou o seu desagrado ao Ferreira. Ele estava também desagradado. Em seu entender, a candidata merecia reprovar. Mas do ponto de vista burocrático, o júri meteu os pés pelas mãos e a única decisão justa era a aprovação. Os tribunais, as instituições, tomavam amiúde decisões em que a objetividade e a honestidade nem sempre eram o que mais pesava. De outro modo, não haveria prisões que chegassem para tanto criminoso e, no caso da academia, haveria uma falta periclitante de doutorados, o que afetaria de forma dramática o nível de excelência da nossa investigação e ensino.

O jantar foi oferecido pela candidata num restaurante da cidade, mas a Maria da Piedade tinha algumas reservas em ir devido à forma nada simpática com que fez a arguição. O Ferreira disse-lhe que isso já não tinha importância. A candidata passou e era doutora. Mas ela manteve as reservas e acabaram por ir os dois a outro restaurante.

Para retribuir o almoço que ela lhe oferecera em Lisboa alguns meses antes, o Ferreira fez questão de oferecer-lhe o jantar. A colega tinha quarto reservado no hotel, mas ele levou-a para sua casa. Foi mais por delicadeza do que por outra coisa. Ela aceitou, confessando que detestava hotéis. Tinha alguns pruridos em deitar-se numa cama onde desconhecidos se deitaram sabe-se lá com que doenças. O Ferreira disse-lhe que tinha razão, mas que não deveria preocupar-se demasiado com isso, pois de outro modo acabaria por não poder sair de casa, comer num restaurante ou usar uma casa-de-banho pública.

Já no apartamento, sentaram-se na sala a conversar e a ouvir música. Não era *heavy metal*, mas a Maria da Piedade não se queixou. Aceitou um primeiro copinho de licor *Levanta o Pau* e mais alguns conforme o desenvolvimento da conversa, que se centrara em assuntos académicos. A temática aborrecia o Ferreira, mas por delicadeza foi participando com uma achega, uma ideia, um protesto aqui e ali, nos intervalos de lhe encher o copo com o licor que ela nunca recusou e entornava como água. Começou entretanto a arrastar-se-lhe a voz, o que a fez exclamar:

– Porra! Estou bêbada.

O Ferreira disse-lhe que o melhor era deitarem-se. Ajudou-a a levantar-se do sofá e acompanhou-a até ao quarto onde às vezes dormia o Huguinho.

– Tu vais dormir aqui? – perguntou ela sentando-se sobre o edredão colorido.

– Não. Durmo no outro quarto.

– Nada disso! Se não vais dormir aqui, então eu também não durmo. Em minha casa não permiti que dormisses sozinho.

– Desculpa. Pensei que querias ficar à vontade.

– E quero. Mas contigo. Vá. Leva-me para o teu quarto. Ou vais deixar-me aqui desamparada?

O Ferreira arrependeu-se de lhe ter enchido o copo tantas vezes. Já no outro quarto, enquanto ela se despia com gestos desengonçados, perguntou-lhe:

– Queres tomar um duche?

– Sim. Talvez seja melhor. Mas só vou se me fizeres companhia. Tenho medo de escorregar e dar cabo dos cornos.

Aquela linguagem na boca de uma professora universitária a viver na capital chocou um pouco o Ferreira. Estava bêbeda, era o que era, pensou ele desculpando-a. E foi com ela para o duche.

– Olá! Tens um jacúzi. – exclamou ela ao entrar na casa-de-banho. – Viva o luxo!

– Se quiseres, posso prepará-lo.

– Agora não. Talvez o jacúzi me pusesse mais mole do que já estou.

Acabaram de se despir e meteram-se ambos na cabine do duche. Quando a água morna começou a correr, a Maria da Piedade abraçou o colega e beijou-o. Nada mais houve do que toques, abraços e beijos enquanto a água os envolvia numa película de celofane.

– Já viste uma mulher a masturbar-se? – perguntou ela.

– Em filmes porno, sim. Mas presumo que te refiras à vida real. Nesse caso, não.

– A tua ex-mulher nunca se masturbou diante de ti?

– Nunca. Ela sempre foi muito recatada.

– Então eu vou-me masturbar para ti.

– E que faço?

– Observas. Só podes intervir depois de eu ter sentido a primeira vez.

– E como sei que sentiste a primeira vez? Pode bem ser a segunda.

– Eu farei um grande estardalhaço.

– Tens alguma sugestão para a minha intervenção?

– Podes meter essa coisa bem grossa na minha boca e vir-te nela. – E deu-lhe um apalpão. – Ou esperar que eu sinta por três vezes e demandares-me o vaso impróprio. Hoje não te posso dar mais nada.

– Porquê?

– Porque estou no período fértil.

– Tenho aí preservativos...

– Não confio nesses sacos de borracha. Já por duas vezes aconteceu, com o meu ex, rebentarem e eu ter de ir comprar a pílula do dia seguinte.

Com tanta regra, o Ferreira começou a murchar. Considerava que o sexo não deveria ser planeado. Fazia-se e pronto.

A Maria da Piedade enxugou-se bem numa toalha e só então passou ao quarto com o colega atrás. O andar era menos hesitante. O banho tinha-lhe desanuviado o cérebro. Deitou-se na cama redonda e disse ao Ferreira para se sentar na cadeira. Abriu as pernas e começou a esfregar-se em grande aceleração como um taxista a passar os vermelhos para levar um cliente atrasado ao aeroporto. Parou de súbito com os dedos entre o púbis negro e disse:

– Isto assim não vai. Não podes pôr uma música?

O Ferreira levantou-se, pegou no telemóvel e ligou-o às colunas de som do quarto. Tinha algumas canções dos Nightwish, uma banda de *heavy-metal* finlandesa de inspiração céltica, e pô-las a tocar. A colega ficou inspirada. De olhos fechados, um dedo no clítoris e dois dentro da vagina, retomou o trajeto para o aeroporto.

Com a toalha à volta da cintura, o Ferreira nem por isso se sentia excitado com aquela estranha exibição. Parecia-lhe doentio. A colega era uma grande mulher, de pernas compridas e magras, o buço inferior tão abundante que quase lhe chegava ao umbigo. Bem que podia rapar alguma coisa, pelo menos nas virilhas, pensou ele. Mas o que mais o impressionava era a língua fora da boca, a lamber os próprios lábios como uma cobra peçonhenta.

Estavam eles nisto quando tocou a campainha da porta.

– Continua, que eu volto já.

Devia ser o chato do responsável pelo condomínio do prédio, pensou o Ferreira.

Saiu do quarto, ajeitou a toalha e foi atender. Não era o responsável pelo condomínio. Era a Ingrid.

– *Hello*, Pedro! Desculpa vir sem avisar. Mas como não me tens falado ultimamente, decidi vir ver-te, para conversarmos.

O Ferreira não sabia o que fazer. Tinha no quarto uma a masturbar-se e outra à porta a querer entrar.

– Vieste em má altura – disse com hesitação.

– Estás com alguém? – perguntou ela alarmada tentando ver para lá da porta entreaberta.

– Sim... é o meu filho. Veio passar a noite.

– A meio da semana? Não é costume, pois não?

– A mãe teve de ir a Lisboa tratar de um assunto relacionado com os exames da escola e deixou-mo.

A austríaca disse que então falariam noutra altura. Pediu que lhe ligasse no dia seguinte, para conversarem. Ou então que aparecesse para almoçar no restaurante da universidade. Ele disse que sim e fechou a porta.

Respirou fundo no corredor. Desde que voltara de Nova Iorque e se apercebeu de que a Ingrid andara em trabalho de campo com o Licínio, nunca mais lhe telefonou, atendeu chamadas ou respondeu a mensagens. Fizera tudo por ela e, à primeira oportunidade, enrolava-se com outro. Ainda por cima o Licínio. Não tinha, era verdade, certezas acerca do que se passava entre eles. Mas os indícios eram mais que suficientes.

– Marco, então? – gritou a Maria da Piedade.

Ele voltou ao quarto. Parece que a colega já tinha chegado ao aeroporto. Continuava deitada, um pouco ofegante, as pernas estendidas e os braços em repouso.

– O telemóvel deu um sinal – informou.

O Ferreira ativou o visor. Havia uma mensagem da Ingrid: «I love you!».

– O que é?

– Falta de bateria. Mas ainda aguenta uma horita ou duas.

– Vem cá e mostra-me o que tens por debaixo dessa toalha.

– Não é grande coisa.

Ela arrancou-lhe a toalha e avistou um pénis murcho que de imediato se esforçou por reanimar.

As coisas não correram mal de todo. O Ferreira, enquanto ela se aplicava, e depois, nos momentos em que teve de exercer com energia a sua competência de macho alfa, cerrou os olhos e pensou nos peitos abonados da sua amiga Dulce, nas nádegas redondinhas e mimosas da Grace, no bigodinho loiro e nos lábios finos da Martha, nas mãos e nos pés pequeninos e brancos da Ingrid.

Daí a pouco já não sabia o que era de quem e ejaculou com um espasmo frouxo dentro do rabo da Piedade, que lhe não permitiu o acesso vaginal. Cada mulher com suas manias e não seria ele a fazer-se de esquisito.

Adormeceram lado a lado, nus e suados. Embora o aquecimento estivesse ligado, o Ferreira acordou daí a pouco com frio. Vestiu a parte de cima do pijama e pôs um cobertor na cama aconchegando-o ao pescoço da colega, que dormia como um bebé. Só lhe faltava o dedo na boca.

De olhos abertos na escuridão, pôs-se a dar bofetadas psicológicas a si próprio. Tinha de acabar com aquela estupidez de se deitar com qualquer uma. Por aquele andar, ainda apanhava gonorreia. Mas o principal problema não era esse. Era a confusão em que todas essas relações lhe punham a cabeça. Não se considerava um Don Juan que gostava de colecionar mulheres ou, *in stricto sensu*, fodas.

Nos últimos dois anos houve demasiadas mulheres, demasiadas camas. Não podia continuar assim. Tinha a seu lado uma pessoa que mal conhecia. Além de saber que estava divorciada, que gostava de música *heavy metal* e de ter gostos sexuais peculiares, não sabia como ela era realmente: se tinha bom ou mau feitio, se gostava de ir à praia, se preferia o campo e outras pequenas coisas que fazem com que alguém diga que conhece minimamente o outro. Ainda por cima não tinha qualquer atração por ela. Parecia-lhe demasiado masculina. Tinha pois de começar a ser mais seletivo e, sobretudo, evitar situações como aquela: de estar deitado na sua própria cama com uma mulher que nada significava para si.

A visita inesperada da Ingrid abespinhou-o. O que aconteceria se descobrisse que ele estava com outra em casa? Provavelmente faria uma cena, com a vizinhança a espreitar às portas. Não, se fosse espanhola, talvez fosse isso que acontecesse. O mais certo seria torcer o beicinho e descer indignada. Seja como for, ele não tinha paciência para aquilo. Não era obrigado a dar satisfações dos seus atos à Ingrid nem a nenhuma outra. Além disso, quando uma mulher lhe fazia alguma maroteira, ele não perdoava. Foi demasiado humilhado pela Maribel para permitir que voltassem a brincar com os seus sentimentos e a sua autoestima. A Ingrid violou a confiança entre ambos. E não era uma visita fora de horas ou uma mensagem de *I love you* que iam adesivar a coisa. Ninguém gostava de ser usado e descartado como um idiota. Obviamente não lhe telefonaria. Ela que terminasse a investigação das plantas carnívoras e que voltasse para o marido. Não queria vê-la mais. E o Licínio, à primeira oportunidade, tratava-lhe da progressão na carreira académica. Detestava gente manhosa que vivia a colar-se aos outros.

De súbito, o telemóvel sobre a mesinha começou a tocar. O som saiu aumentado por estar ainda conectado às colunas. Ele atendeu, pensando que era a austríaca, e preparava-se para lhe dar um raspanete. Mas era a mãe. Telefonava-lhe do hospital a informar que o pai tivera uma indisposição durante a noite e foi internado.

– Mas é grave? – perguntou preocupado.

A Dona Arcília explicou-lhe que o pai sentiu sede e levantou-se para beber um copo de água. Ao voltar para o quarto, sentiu-se mal e vomitou sangue. Ela chamou logo o 112 e acompanhou-o na ambulância até ao hospital. Telefonara à irmã alguns minutos antes a dar a notícia.

– E o pai onde está agora?

– Na sala de observações. Meteram-no a soro e vão fazer-lhe uma endoscopia, ou lá o que isso é. Já falei com o médico de serviço. Ele desconfia que seja uma úlcera.

– Uma úlcera? Mas o pai não tinha nenhuma úlcera.

– Pelos visto, tinha. Ele está muito mal, meu filho.

O Ferreira procurou acalmar a velhota, desvalorizando a gravidade da situação. Ninguém morria por causa de uma úlcera. Era uma coisa chata, mas tratava-se com medicação e dieta.

– Eu vou já para aí – acabou por dizer. – Você o melhor é chamar um táxi e ir para casa.

– Ó filho, tenho de ficar ao pé do teu pai. Ele pode morrer aqui, abandonado como um cão.

– Ninguém vai morrer, mãe. Ouviu bem?

Desligou, tomou um duche rápido, vestiu-se e saiu, deixando um bilhete à Piedade junto aos seus dois peitos magros descobertos.

Orfandade

O estado do sr. André Ferreira foi-se agravando no hospital. A medicação para a pretensa úlcera que os médicos receitaram afetou-lhe o fígado, já de si debilitado, criando-lhe novas complicações. Na primeira vez que o viu, o filho não ficou demasiado preocupado e pensou que em poucos dias teria alta do hospital. Na segunda vez, ficou bastante alarmado. O pai inchara imenso, tartamudeava, não comia e o rosto parecia cadavérico. Sentiu uma grande tristeza ao vê-lo na cama, sem poder mexer-se, ligado ao soro. A mãe e a irmã estavam ao lado, abatidas. Tentou falar com o médico de serviço. Uma das enfermeiras explicou-lhe que o médico só atendia entre as dez e as onze.

— Talvez a senhora enfermeira me possa dizer por que razão o meu pai está pior desde que vim cá da última vez.

— Isso só mesmo com o médico.

— Mas a senhora há de ter uma ideia do que se passa...

— Não sei. Terá de falar com o médico.

Ditadura do silêncio, considerou o Ferreira. As enfermeiras estavam proibidas de falar e os médicos, na hora de visita aos doentes, raspavam-se para os consultórios particulares para não serem perturbados pelos familiares desesperados. Boa estratégia. A hora de atendimento era marcada numa altura em que ninguém ia ao hospital. E mesmo que fosse, o mais certo era ser impedido de entrar pelos seguranças.

Esteve cerca de duas horas junto à cama do pai, numa conversa a meia voz com a mãe e a irmã. O doente ia ouvindo e tartamudeando uma frase ou outra. Para que não gemesse, protestasse, inquietasse enfim os outros doentes e indispusesse os médicos e os enfermeiros, mantinham-no sedado. Era o procedimento normal nos hospitais públicos. Quem tinha que morrer, fizesse-o sem perturbar os outros.

Na despedida, segurou a mão direita do pai e desejou-lhe uma recuperação rápida. O sr. André articulou a custo e com a falta de alguns fonemas a seguinte certeza:

– Meu filho, eu daqui só saio no caixão.

– O pai não diga isso! Ninguém morre por causa de uma úlcera. Há de ver que em poucos dias está em casa.

O doente torceu o nariz e retorquiu:

– Guarda essas tretas para a tua mãe e a tua irmã. Elas precisam de ter esperança. Estão muito abaladas. Quando acontecer o pior, vão precisar de ti.

O Ferreira apertou-lhe mais uma vez a mão débil e abandonou o quarto. A mãe e a irmã falavam com a enfermeira, que lhes pediu os telefones. Ele acabou por dar também o seu. Viu naquele pedido uma forma de lhes comunicar oficiosamente que o velhote estava em perigo de vida e que a família deveria esperar o pior.

Quando voltou para casa depois de se despedir no átrio do hospital da mãe e da irmã, telefonou à Ângela a informá-la da situação. A ex-mulher mostrou-se chocada. Simpatizava com o sogro. Era um homem relativamente novo, amigo do neto e com grande sentido de responsabilidade. Combinaram visitá-lo daí a dois dias e o Ferreira sugeriu que levassem o Huguinho. A Ângela estava com dúvidas quanto a isso. Como iria a criança reagir ao ver o avô na cama? Não seria traumático? Sim, era traumático, concordou o ex-marido. Até para os adultos. Mas a vida tinha esses momentos e não se deveria agir como se eles não existissem. O sofrimento era sempre uma lição de coragem para enfrentar problemas presentes e futuros.

– Pareces um padre a falar – disse-lhe ela.

No dia seguinte à noite, a irmã telefonou. Explicou-lhe que o médico a mandara chamar ao hospital. Quando lá chegou, ao fim da tarde, ele já não estava, mas deixou recado à chefe das enfermeiras. Foi informada de que o estado do pai tinha piorado. Os rins deixaram de funcionar e era bem provável que não sobrevivesse àquela noite.

A Diana começou a chorar ao telefone e o Ferreira não sabia como consolá-la. Não era de palavras que ela precisava. E ele também não.

Decidiu antecipar a ida para Braga. Sabia que pouco ou nada poderia fazer para salvar o pai, naquele momento entregue à sorte da natureza e do hospital. Mas era seu dever estar presente junto dos seus. Pegou no carro e partiu.

Passava das vinte e uma quando entrou no hospital e pediu ao segurança para o deixar entrar. O tipo, como não eram horas de visita e o Ferreira não tinha cartão de acesso ilimitado, impediu-lhe a passagem. Apeteceu-lhe esbofeteá-lo. Conteve-se. A violência só muito raramente abria portas. Enquanto tirava uma nota de dez euros da carteira, foi explicando ao segurança que tinha o pai a morrer e precisava de ir vê-lo. O segurança guardou a nota no bolso da camisa cor de caramelo com o distintivo da empresa a que pertencia e mandou-o passar.

Os corredores do hospital à noite eram fantasmagóricos. Não havia a multidão de familiares dos internados nem o exército de médicos, enfermeiros, voluntários e empregados de limpeza que fingiam estar ali para os salvar e consolar. Nas enfermarias, os doentes dormitavam, drogados, para não fazerem escarcéu. Era de noite que muitos deles morriam, ou por falta de assistência, ou porque a enfermeira tinha ordens de desligar a máquina de respiração assistida. Não valia, no entender dos médicos, deuses e senhores da vida e da morte, prolongar a agonia daqueles que não tinham grandes hipóteses de sobreviver. Além disso, era preciso libertar as camas para dar lugar aos novos doentes que todos os dias chegavam.

O Ferreira dirigiu-se ao andar da cirurgia, onde o pai se encontrava. Utilizou o elevador. Na enfermaria de seis camas, todas ocupadas, apenas se ouvia a respiração funda e rápida do sr. André. Tinham-lhe colocado a máscara do oxigénio. Aproximou-se e tocou-lhe num braço, chamando a meia voz: – Pai. O velhote abriu os olhos e pareceu reconhecê-lo. Foi o único gesto consciente nos cerca de quinze minutos que ali esteve. Depois foi procurar a enfermeira de serviço. Encontrou-a a limar as unhas num gabinete a meio do corredor com os auscultadores de um leitor de MP3 nos ouvidos. Perguntou-lhe porque é que o pai respirava daquela maneira tão custosa. A enfermeira explicou-lhe que estava a hiperventilar. Os rins, ao deixarem de funcionar, levavam a que o organismo procurasse eliminar as toxinas que se iam acumulando no sangue através de uma maior oxigenação. Isso exigia maior esforço aos pulmões. Por isso tiveram de o ligar à máquina. Mas se continuasse naquele ritmo, não aguentaria muito tempo. Logo que se cansasse, parava de respirar.

– Quanto tempo aguentará?

A enfermeira não sabia. Podia ser uma hora, ou podia ser toda a noite.

– E não lhe podem fazer mais nada?

– Terá de falar com o médico.

– E onde está o médico?

– O responsável clínico saiu às dezanove. Poderá falar com o que está de piquete durante a noite. Mas ele não lhe vai dizer grande coisa. Não está por dentro do historial clínico dos doentes internados. Só o chamamos quando há uma urgência.

– E quando alguém está para morrer, não é uma urgência?

– Não. O seu pai está a ser tratado e vigiado.

– De qualquer forma, onde posso encontrar esse médico?

– Nas urgências. Vá lá e pergunte pelo Dr. Abrantes.

O Ferreira voltou ao quarto para se despedir do pai. Gostaria de lhe dizer uma bela frase, mas o doente do lado esquerdo acordou para urinar no frasco e olhava-o com curiosidade.

Poisou-lhe a mão na testa suada e disse apenas: «Adeus pai. Até à vista.»

No serviço de urgências encontrou vários médicos novatos a atender bêbedos, miúdos com gastroenterites, gripes e papeiras, indivíduos com pernas e braços partidos. Ninguém conseguiu dizer-lhe onde parava o tal Dr. Abrantes. Talvez na cafetaria, aventou um maqueiro, ou na radiologia. Não estava nem num lugar nem noutro. O mais certo, considerou o Ferreira, era estar nalguma arrecadação a dar uma traulitada nalguma enfermeira.

Decidiu aguardar sentado na sala de espera, pedindo à funcionária que coordenava a triagem que o avisasse se o médico aparecesse. Para matar o tempo, apesar da confusão com gente sempre a entrar e a sair, pôs-se a recordar alguns momentos passados na companhia do pai.

O sr. André, depois de passar alguns anos no Luxemburgo a trabalhar nas obras, voltou e estabeleceu-se como pequeno empreiteiro. Tinha cinco homens por sua conta e dedicava-se à construção de vivendas e pequenos trabalhos de reparações. Por vezes era subcontratado pelos grandes empreiteiros, quando estes não tinham capacidade para terminar uma obra dentro dos prazos. A partir dos quinze anos, o Marco começou a ajudar nas férias. Gastava o dinheiro que o pai lhe dava em livros, o que levava a mãe a censurá-lo, pois preferia ver o dinheiro gasto em roupa ou, como dizia ela, noutra coisa mais útil.

Quando o filho escolheu a área das Letras em vez da de Ciências no ensino secundário e depois entrou para o curso de Estudos Portugueses na universidade, o pai ficou muito dececionado. Queria que ele seguisse Engenharia Civil ou Arquitetura. Sempre era uma ajuda para a empresa. Mas o jovem Marco não tinha interesse por essas áreas. Não sabia desenhar, não tinha jeito para negócios e achava o ambiente das obras estupidificante. O pai disse-lhe que o curso de Letras ficaria bem à irmã, mas não a um homem. A Diana seguira Ciências e era professora de Físico-Química.

O Ferreira lamentava ter dececionado o pai no futuro profissional que escolhera. Foi talvez por isso que, um ano antes de se reformar, o sr. André entregou a empresa a um dos empregados. O filho não estava disponível para o substituir e dar continuidade aos negócios.

Com o tempo, porém, tendo o Ferreira avançado no seu percurso académico, o pai acabou por reconhecer que um lugar na universidade era bem mais confortável do que um lugar ao Sol, à chuva e ao vento nas obras de construção civil. O dinheiro ao fim do mês caía direitinho na conta bancária, fizesse muito ou pouco. Quantas vezes o sr. André passava a noite em branco a magicar onde haveria de arranjar dinheiro para pagar aos empregados no final do mês! Talvez isso tenha contribuído para a sua úlcera no estômago.

Quando publicou o primeiro livro, ofereceu um exemplar ao pai. Ele não era de grandes leituras. Costumava folhear o jornal no café. Mas fez um esforço e leu o livro. Confessou ao filho que se riu muito com as manias e a estupidez das personagens, mas que deveria ter disfarçado mais um bocadinho. Algumas estavam tão bem caracterizadas, que se via logo quem foram os modelos. E isso era chato. As pessoas em que ele se baseou, se soubessem, poderiam ficar ofendidas. O filho explicou-lhe que aquilo era ficção.

– Não me fodas, Marco! O Rapapilas daquele teu conto sobre a mulher do estucador que se deitava com os vizinhos todos é ou não é o Quim Tochas, de Padim?

O pai era perspicaz. Nada percebia de Teoria da Literatura, fontes, influências, paródia, pastiche e intertextualidade. Mas identificava de olhos fechados os modelos de que o filho se servia.

– E gostou do livro?

– Já te disse que me ri. Acho que tens jeito, sim senhor. Mas para a próxima escreve um livro que se veja. Este é muito somítico.

Foi graças a este incentivo paterno que o Ferreira continuou, a par das investigações académicas, a escrever livros de ficção.

O gosto pela literatura fora o sr. André, aliás, que o fomentara, ao comprar-lhe quando era miúdo livrinhos infantis. Já adolescente, lembrava-se de o pai um dia aparecer em casa com uma caixa de livros cobertos de pó. Andava a fazer obras em casa de uns velhotes e estes decidiram deitar uns quantos livros ao lixo. Escolheu aqueles que lhe pareceram mais bem conservados e levou-os ao filho. O Marco abriu o caixote no meio do quarto e foi tirando os exemplares.

Havia obras de Camilo em edições do início do século XX com ortografia escalavrosa, do Eça, do João Grave e do Guerra Junqueiro; romances em francês do Balzac, do Guy de Maupassant, do Flaubert e do Zola; e dois volumes do *D. Quixote* bastante coçados traduzidos pelo Castilho. Aqueles livros tornaram-se nos fundamentos da sua biblioteca pessoal. Depois do divórcio, pediu à irmã para os levar para a casa dos pais. Estavam lá mais seguros.

– O senhor é o filho de André Ferreira? – perguntou de súbito um tipo de bata azul com um estetoscópio ao peito e uma prancha na mão com papéis.

O Ferreira levantou os olhos e retorquiu:

– Sou. É você o Dr. Abrantes?

– Sim.

O Ferreira levantou-se da cadeira de plástico esconchavada e cumprimentou-o.

– Precisava de falar consigo.

– Desculpe tê-lo feito esperar. Tive de ir ver um doente na cardiologia.

– Disseram-me que estava na radiologia.

– Esta gente confunde tudo. Presumo que esteja cá por causa do seu pai. Como deve saber, ele está muito mal. Talvez não passe desta noite.

– E não podem fazer nada por ele?

– Fizemos tudo o que estava ao nosso alcance. Agora está nas mãos de Deus. Ou da sorte, como queira. – Fez uma pausa e continuou: – É melhor o senhor ir para casa descansar. Não está aqui a fazer nada. Se houver novidade, telefonamos-lhe.

O Ferreira hesitou. Não confiava no médico. O mais certo era querer despachá-lo para que estivesse longe se as coisas corressem para o torto. Os médicos detestam que os confrontem com a sua incompetência e ineficácia quando não conseguem salvar um doente.

– Vá – insistiu o clínico. – Como vê, o serviço de urgências está uma balbúrdia. Não pode ficar aqui.

O Ferreira agradeceu e abandonou o hospital. Não sabia o que fazer. Era quase meia-noite. Se fosse dormir à casa da mãe, poderia alarmá-la. Achou melhor deixar a velhota descansar em paz e sossego. O dia seguinte seria, ao que tudo levava a crer, muito duro. Decidiu telefonar à Diana a perguntar se podia ir passar a noite em sua casa. Disse-lhe que sim.

Antes de se deitar no quarto de hóspedes, esteve uma meia hora a conversar com ela e com o marido. Pareciam conformados com o desfecho.

Poucos minutos depois das oito, tocou o telefone da casa. A Diana foi atender. Informaram-na de que o sr. André Ferreira tinha falecido uma hora antes. O Marco, que acordou com o telefone, desceu e abraçou a irmã. O cunhado levantou-se entretanto para ver o que se passava e, ao ver os dois irmãos abraçados, afastou-se discretamente.

O funeral foi daí a dois dias. Por vontade da família, não houve velório, o que indignou alguns parentes. O cangalheiro tinha ordens de levar o corpo para a igreja da paróquia uma hora antes das cerimónias fúnebres e, quem quisesse despedir-se do defunto, poderia fazê-lo nessa altura.

O Ferreira tinha informado o diretor do departamento e este divulgou a notícia por todos os colegas. Apareceram no funeral, além do próprio diretor, com uma palma de flores, o Borges, o Bastos, o Barroso, o Licínio e a Ingrid. Deram as condolências ao colega junto à urna aberta. A Ângela, que estava ao lado do ex-marido, perguntou-lhe se aquela loira era a mulher do Licínio. O Ferreira disse-lhe que não. Naquele momento aproximou-se um tio e não puderam desenvolver o tema. O tio Jorge estava muito indignado por ninguém o ter avisado. Soube do falecimento por mero acaso. Tinha ido ao café e, ao folhear o jornal, viu na necrologia a foto do irmão. Quase lhe dava uma coisa. Teve de se agarrar à mesa. Ainda há pouco tempo estivera no hospital a fazer-lhe uma visita e falou com ele.

O Ferreira pediu imensa desculpa. Como não tinha o telefone dele, confiou que os outros tios o avisassem. Pelos vistos, esqueceram-se.

– Pois sim. Quem se há de lembrar da ovelha negra da família?

O tio Jorge era a ovelha negra e, tirando o André, estava de relações cortadas com os outros irmãos.

A Dona Arcília entrou na igreja muito abatida. Desde que soubera da morte do marido, caiu numa apatia que era pior do que o choro.

– Deixem-me só – disse para os filhos.

Eles fizeram-lhe a vontade, mas ficaram em casa, por perto. Tanto mais que era preciso receber os familiares, os amigos e os vizinhos que naqueles dois dias foram passando a deixar os pêsames.

Depois da missa de corpo presente e do funeral, as pessoas começaram a debandar. Passava do meio-dia e estava uma manhã fria e cinzenta. Muitos foram despedir-se dos familiares do falecido. Não foi, porém, o caso do Licínio e da Ingrid, que desapareceram enquanto o coveiro, com a ajuda de mais quatro homens da confraria, desciam o caixão à cova com a ajuda de duas cordas.

A Ângela, entretanto, sugeriu ao ex-marido que convidasse alguns familiares mais chegados para o almoço. Poderiam ir a um restaurante perto. Alguns recusaram, outros, de mais longe, aceitaram. Foi o caso de uns tios que viviam em Cascais e os irmãos e cunhados da Ângela. Ao todo foram doze pessoas almoçar. A Dona Arcília pediu que a deixassem em casa. A filha disse que ficava a fazer-lhe companhia. A viúva insistiu para que a levasse a casa e que depois fosse almoçar com os outros. Ficava bem. Muito contrariada, a Diana lá fez a vontade à mãe.

Terminado o almoço, onde, de forma comedida, se falou do caso do sr. André e da inaptidão médica para o tratarem, despediu-se a parentela, esperando que o próximo encontro fosse bem diferente. Um batizado, um casamento ou umas bodas de ouro, quem sabe?

O último parente de quem o Ferreira e a irmã se despediram

foi da Ângela. O Huguinho tinha ficado com os avós maternos, não fosse chocar-se com a visão do avô morto no caixão. O Ferreira não comentou a decisão da ex-mulher, embora não concordasse com ela. Afinal estiveram no funeral outras crianças.

– Quando voltas? – perguntou-lhe a Ângela.

– Tenho direito a mais dois dias. Vou ficar a dar apoio à minha mãe.

Num tom mais baixo, para a Diana não ouvir, ela insistiu:

– Quando voltas para a nossa casa? Nunca mais disseste nada... O Natal é daqui a um mês e seria muito bom passá-lo de novo em família.

– Sim, seria muito bom.

Subitamente lembrou-se de que o pai nunca mais estaria à mesa a partilhar a consoada com a esposa, os filhos e os netos.

– Depois falamos – acrescentou. – Vai devagar. É provável que chova e a estrada fica escorregadia.

– Não te esqueças, Marco: nós amamos-te. Estaremos à tua espera.

O Ferreira aproveitou os dois dias a que tinha direito para resolver alguns problemas burocráticos e pagar ao cangalheiro. Voltou ao trabalho ainda de coração pesado. A sensação de perda era dolorosa. O sr. André tinha quinze anos quando perdeu o seu próprio pai e a dor foi certamente maior do que a dele. Mas a forma de encarar a morte não era a mesma de há cinquenta anos atrás. A morte fazia parte do dia a dia das pessoas. Morriam pelos motivos mais ridículos. A sociedade atual tinha-a marginalizado. Continuava-se a morrer, mas mais espaçadamente no tempo. E quando isso ocorria, era muito mais difícil de aceitar.

Na tarde do primeiro dia em que regressou às aulas, sentou-se ao computador do gabinete e escreveu à Dulce a explicar-lhe por que razão esteve tanto tempo sem lhe responder às mensagens. Lembrou-se de escrever também à Maribel, mas desistiu. Para si, a relação com ela estava terminada. Enviou uma mensagem aos colegas da universidade que foram ao funeral, agradecendo a sua presença. Remeteu cópia à Ingrid. Por fim, escreveu à Maria da Piedade, pedindo desculpa por tê-la deixado sozinha no apartamento, prometendo compensá-la da indelicadeza noutra ocasião.

Quando desligou o computador, lembrou-se da irmã Rafaela. Ainda não lhe tinha respondido à última carta. Retirou da impressora uma folha branca, pegou na esferográfica e disse-lhe, com as lágrimas nos olhos, por que razão achava que Deus não merecia que lhe déssemos a nossa vida. Era um sacana de um egoísta, um assassino a sangue frio, que não hesitava em esmagar com a sua poderosa bota os pobres mortais que ele próprio criava para seu divertimento.

A planta carnívora

Três dias antes de os alunos partirem para as férias de Natal, Marco Túlio Ferreira recebeu no gabinete um telefonema da secretaria. Explicou-lhe a funcionária que uma aluna andava à sua procura.

– Se o senhor professor estiver disponível, mando-a aí.

Devia ser uma daquelas alunas trabalhadoras-estudantes que iam à universidade duas vezes ao ano.

– Ela que desça. Mas não tenho muito tempo. Estava mesmo para sair.

Poisou o auscultador e retomou a correção de um teste de frequência. Faltava-lhe a última pergunta. Daí a cerca de um minuto, ouviu bater à porta e mandou entrar. Mas nada aconteceu. Os gabinetes estavam tão bem isolados que se podia gritar que dificilmente alguém de fora ouviria. Voltaram a bater e o Ferreira acabou por levantar-se contrariado e ir abrir a porta. À sua frente estava a Ingrid com um vaso na mão. Tinha plantado um *Drosophyllum Lusitanicum*.

– Olá, Pedro – disse ela. – Venho despedir-me. Parto amanhã para Innsbruck.

– Entra.

O professor fechou a porta e convidou a estrangeira a sentar-se.

Ela poisou o vaso sobre a secretária, ao lado do monte de testes, e disse:

– Gostaria que ficasses com esta planta.

– Podias dá-la ao Licínio – sugeriu irónico.

– Ao Licínio? – E riu-se ao pronunciar o nome. – É um tolo. E um tarado. Só vê livros e pernas de mulher.

– O quê? Desentenderam-se?

– Ele não é o meu tipo. Foi muito prestável, e só tenho a

agradecer-lhe por isso. Mas não houve nada entre nós. Enfim, ele tentou. Andava atrás de mim até se tornar inconveniente. Uma tarde, encontrei-o no centro comercial com a esposa. Ficou atrapalhadíssimo. Eu, com toda a naturalidade, cumprimentei os dois. Ela deve ter pensado que havia alguma coisa entre nós. Se o olhar matasse, eu cairia ali mesmo varada.

– E havia?

– Claro que não havia!

– Mas então como amansaste a fera que levas dentro?

– Com este frio, a fera hibernou.

O Ferreira sorriu. Depois disse:

– Não me parece que esteja aqui mais frio do que em Innsbruck, onde até em agosto neva.

– O frio é diferente. Aqui é mais seco e cortante. Mas o problema não é esse. Em Innsbruck, não se andando na rua, não se tem frio. Os edifícios são convenientemente aquecidos. Na residência da universidade a calefação, embora seja nova, não funciona. O porteiro disse-me que tinham o sistema desligado por falta de combustível. Fui obrigada a comprar um radiador a óleo. Mas se não me ponho em cima dele, não aquece nada. Nos laboratórios da universidade só se consegue estar de casaco e luvas. Até neste gabinete está frio.

E estava. O Ferreira, enquanto corrigia os testes, tinha vestido o sobretudo e sentia os dedos pecos.

– O que faço com a planta? – perguntou desviando o assunto. – Será que ela se dá dentro de casa?

– Esteve no laboratório desde que em outubro a colhi. Sugiro que a ponhas junto a uma janela onde incida a luz solar. Basta regá-la uma vez por mês. No verão, se vires que a terra está seca, podes regá-la mais vezes. Não precisa de adubo nem de fertilizantes. O excesso de nitratos mata estas plantas. Foi uma das descobertas da minha investigação, como te disse. Vão buscar alguns nutrientes aos insetos que apanham. Ora, se lhe deitarmos fertilizantes, começam a definhar. No caso de mudares a terra ao vaso, não lhe ponhas uma qualquer. Tem de ser retirada do local onde vivem, junto ao Douro.

— E terei de lá ir de propósito?

— Se não quiseres que a planta morra, tens. Sempre dás um passeio e aproveitas para recordar certos momentos... Mas não vás durante a noite. Podem aparecer de novo aqueles guardas. — E sorriu ao dizer isto. Depois continuou: — Ela vai florescer entre fevereiro e maio. Quando isso acontecer, peço-te que me informes, pois preciso que me tires algumas fotos e faças uma descrição pormenorizada da flor.

— Uma descrição pormenorizada da flor? Bem sabes que eu não percebo nada de Botânica.

— Não te preocupes com isso. Eu explico-te depois o que tens de fazer. Não é nada de complicado. Agora tenho de ir. Ainda não me despedi das professoras do Departamento de Botânica.

— Queres que eu te leve ao aeroporto?

— *Thanks*, mas não é necessário. O Licínio também se ofereceu para me levar. Talvez ainda tenha a esperança de um beijo, coitado. Recusei. Vou no autocarro.

Aproximou-se do Ferreira, que entretanto se tinha levantado da cadeira, e abraçou-se a ele.

— Obrigado por tudo. Pela tua ajuda, pela tua companhia, pelos momentos que partilhaste comigo. Nunca me esquecerei de ti, Pedro.

Beijou-o na boca e ele deixou-se beijar, correspondendo, mas sem grande convicção.

— Embora não to tenha dito no dia do funeral, lamento muito a morte do teu pai. Fez-me lembrar dos meus. Um dia, irremediavelmente, passarei pela mesma situação. E isso deu-me uma grande tristeza. Gostaria de ter-te consolado, mas deixaste de atender as minhas chamadas e não respondias às mensagens.

— Tenho andado muito confuso e abatido — confessou ele. — Espero que me desculpes.

— As coisas entre nós não se prolongaram e foi melhor assim.

Evitaram-se sofrimentos desnecessários. Espero ver-te em Innsbruck. Gostaria muito de apresentar-te ao Jörg. É um excelente rapaz. Mas terás de arranjar uma namorada. Gostaria de ver-te feliz de novo, como naquela tarde em que nadámos no rio. Tirando a cobra, foi um dia espantoso, não foi?

– Sim, foi. Se um dia quiseres trazer o Jörg e levá-lo de visita aos viveiros naturais do pinheiro-baboso, poderemos dar todos um mergulho. Em pelo.

– Mas primeiro terás de ir a Innsbruck. Levo-te a esquiar. A ti e à namorada. Não escolhas uma qualquer. Tem de ser tão bonita, inteligente e aventureira como eu. Embora possa ser um pouco menos uma destas coisas, para eu não ficar com ciúmes. Tu precisas de alguém que te levante o ânimo. O mundo está cheio de coisas para descobrir. E se não temos com quem as partilhar, será como ter uma planta carnívora numa casa sem insetos para ela atrair.

Bateram novamente à porta. Os dois deram um último abraço e o Ferreira foi abrir. Era uma jovem que lhe pareceu vagamente familiar.

– Espere um momento – disse-lhe ele.

– Estou de saída – contrapôs a Ingrid aproximando-se da porta. – Dá cá mais um beijo.

Desta vez foi no rosto.

– Quando chegar à Áustria, escrevo-te.

– Boa viagem.

A Ingrid saiu e o Ferreira convidou a jovem a entrar.

– Não me reconhece? – perguntou a recém-chegada com um sorriso.

– Sim... – respondeu o professor sem ter a certeza de onde a conhecia.

Era certamente a aluna de que a funcionária da secretaria lhe falara pelo telefone. Aparentava não ter mais de vinte e cinco anos, era magra e de média estatura. O cabelo curto, bastante curto aliás, era castanho escuro, da mesma cor dos olhos.

— Em que posso ajudá-la?

— Não está a reconhecer-me, pois não? — repetiu ela sempre a sorrir.

O professor olhou-a com mais atenção. Conhecia aquele rosto, mas não conseguia fixá-lo num contexto. Faltava-lhe qualquer coisa. A verdade é que lhe passavam tantas alunas pelas salas que facilmente as confundia.

— A menina de que ano é? — perguntou, rendido.

A moça não respondeu logo. Fixou-o e, como ele se mantinha na expectativa, acabou por dizer:

— Sou eu, a Rafaela.

Foi como se lhe tivessem dado um murro no estômago. Como poderia ser tão estúpido? Subitamente o contexto que faltava compôs-se-lhe no cérebro. Aquele rosto oval e branco, com o véu castanho a emoldurá-lo, era o da freira que ele conhecera em Fátima. À sua frente estava a irmã Rafaela sem o hábito.

— Irmã! — exclamou ele ainda mal recomposto da surpresa. — Mas que faz aqui?

— Vim visitá-lo. Como nunca mais me escreveu, fiquei preocupada.

— Não recebeu a minha última carta, aquela em que eu lhe falava da morte do meu pai?

— Não recebi. Lamento muito essa notícia. Aproveito desde já para lhe dar os meus pêsames. Eu soube pela funcionária da secretaria, há bocadinho.

— Ela contou-lhe isso?

— Não fique aborrecido com a senhora. O tema surgiu por acaso. Quando cheguei, ela conversava com outra pessoa, provavelmente uma professora sua colega, sobre a morte de um parente. Diziam que em novembro faleceu muita gente. E um exemplo que deram foi a morte do pai do professor Marco Túlio Ferreira. Foi então que eu perguntei se o professor estava.

O Ferreira começou a recuperar da surpresa. Deu a volta à secretária e estendeu a mão à amiga.

– Estou a ser muito descortês, Rafaela, desculpe-me.

– Pode dar-me um beijo, se quiser. Deixei a congregação. Já não sou mais freira.

O Ferreira ficou extático no gesto. Não era um homem que se surpreendia facilmente. Mas naquela manhã não sabia o que lhe estava a ocorrer. Baixou o braço e retorquiu:

– Quer sentar-se?

Recuou para detrás da secretária onde se sentia mais protegido e sentou-se depois de a amiga o fazer na cadeira em frente. Iniciaram uma conversa que se prolongou até a meio da tarde. Tinham-se esquecido da hora do almoço.

A Rafaela contou como abandonara a congregação.

Depois de ter caído na ingenuidade de falar das suas dúvidas às irmãs e ao diretor espiritual, começaram a censurá-la e a discriminá-la. Era sempre escalada para os trabalhos mais pesados e mais humildes, mesmo não sendo a sua vez, como lavar pratos e panelas, limpar as casas-de-banho, varrer e esfregar os dormitórios, as salas e os corredores. Ora, ela era licenciada em Matemática, dava aulas no Colégio Nossa Senhora do Rosário e, embora aqueles trabalhos não a repugnassem, o seu lugar não era ali, onde as irmãs menos dotadas e com pouca instrução iam cumprindo o seu carisma ao serviço de Deus e da comunidade religiosa. O seu lugar era no trabalho pastoral, nas salas de aula e no quarto a corrigir os trabalhos dos alunos. Foi para isso que estudara. Não para passar horas a lavar pratos e a esfregar o chão. De início, tomou isso como penitência pelo seu orgulho e pelas suas dúvidas. Mas depois concluiu que a madre superiora estava a pô-la a ridículo diante das outras irmãs. Falou com ela e disse-lhe o que pensava, acrescentando que havia irmãs que há muito tempo não faziam faxina à cozinha e à limpeza do edifício. Ora, se o costume era que todas passassem por esses serviços, não compreendia por que razão ela era a única que não rodava. Não tinha tempo para ler, para estudar, para dar apoio no trabalho pastoral e para cumprir convenientemente as suas devoções. A madre superiora mostrou-se ofendidíssima com a chamada de atenção e lembrou-lhe os votos que fizera diante do bispo e de toda a congregação: pobreza, obediência e castidade. E ela estava a fugir ao segundo. Se não recebera ainda autorização para voltar aos seus antigos afazeres, é porque alguém, que está acima dela, entendia que assim deveria ser. E a irmã só teria que aguardar com paciência e humildade. Além disso, estava a incorrer em alguns pecados capitais: a soberba, ao pôr em causa as decisões de uma superiora, e a preguiça, ao preferir os trabalhos mais leves. Aconselhava pois a confessar-se ao capelão logo que possível e pedir perdão a Deus por todas as faltas que punham em perigo a sua alma e a paz daquela santa congregação.

A Rafaela ficou tão indignada que virou as costas à superiora e dirigiu-se para a sua cela. Pelo corredor, arrancou o véu e atirou com ele ao chão. Já que estava a quebrar o segundo voto, quebraria também os outros dois. Retirou a velha mala de cima do armário e guardou os seus poucos pertences. Alguns livros, a sua roupa interior, o diploma da universidade e a fotografia emoldurada dos pais. Não tinha muito que vestir. Depois dos votos, quatro anos antes, obrigaram-na a deitar fora as roupas civis. Ficara, contudo, com uma blusa branca, que às vezes usava por debaixo do hábito, e uma saia preta, que vestia enquanto frequentou a universidade, para que, como dizia na altura a madre superiora, o hábito comprido não fosse motivo de escárnio junto dos seculares. Como casaco, usou o da congregação. Não fosse novembro, tê-lo-ia deixado. Mas não desejava arriscar-se a apanhar um resfriado.

Uma das irmãs, a Imaculada, foi espreitar à porta da cela e perguntou-lhe o que estava a fazer.

— A arrumar as minhas coisas. Vou-me embora.

— O quê? E para onde vais tu?

— Para a casa dos meus tios, no norte.

— E se eles não te acolherem?

— E porque não me hão de acolher? São minha família.

— A tua família agora somos nós.

— Isso é uma bonita frase. Oxalá fosse verdadeira.

– Porque dizes isso? Então não somos tuas irmãs?

– Uma família não trata um dos seus membros como vocês me têm tratado.

– E como te tratamos nós?

– Com desprezo e falta de caridade cristã.

– Isso não é verdade. Todas te temos muito amor.

– Sim, é outra das frases bonitas. Aqui todas dizem frases bonitas. Mas não passam disso mesmo.

– Não te entendo.

– Imaculada, não te preocupes comigo. Ficarei bem. Depois escrevo-te.

– Se fores mesmo embora, nunca mais te perdoo. Fizemos o apostolado e o noviciado juntas. No mesmo dia, uma ao lado da outra, deitadas aos pés do bispo, prometemos os nossos votos. És a minha melhor amiga. Que será de mim sem ti?

– Imaculada, se eu sou realmente a tua melhor amiga, vem comigo. Deixa a congregação e segue-me.

– És doida!

– Já reparaste que estamos a desperdiçar a nossa juventude aqui dentro?

– Nós somos esposas de Cristo! Foi este o caminho que escolhemos. Não me peças para renunciar aos meus votos.

– Então nada mais tenho a dizer-te.

Pegando na mala já fechada, acrescentou:

– Adeus, Imaculada. Se um dia precisares de mim, escreve ou telefona para a casa dos meus tios, em Cabeceiras de Basto.

Passou ao lado da irmã e abandonou a cela. Foi cruzando com algumas freiras pelo corredor. Quando rodou a chave da porta principal, apareceu a madre superiora, esbaforida.

– Onde pensa que vai, irmã? – perguntou de muito maus modos.

– Vou para casa dos meus tios.

– E saía sem me dar satisfações?

– Depois do que me disse, deixou de ter direito a elas. Perdeu o meu respeito e não é mais a minha superiora. Deus lhe perdoe por isso.

A madre engoliu em seco. Aquilo era uma situação para a qual não estava preparada. Habituara-se a que todas lhe obedecessem sem discussões. A atitude da irmã Rafaela punha em risco a sua autoridade diante de toda a congregação. O que iria pensar a superiora em Roma quando viesse a saber? Tinha de convencer a freira a reconsiderar.

– Irmã, por amor de Deus! Não saia essa porta. Acompanhe--me ao gabinete. Prometo ouvi-la.

– Se não me ouviu há alguns minutos atrás, porque me há de ouvir agora? Porque eu me senti ofendida e decidi dizer *chega*? Vai-me desculpar, mas é tarde demais. Passe bem.

Deu a volta à chave e abriu a porta. Cerca de cinco horas depois, estava em casa dos tios, em Cabeceiras. Para evitar explicações, disse-lhes que iria passar uma temporada com eles, para espairecer um pouco dos ares do convento. Os tios não fizeram perguntas e acolheram-na como era costume sempre que ela ia passar uns dias depois da morte dos pais num acidente de viação. Eram gente humilde, de poucos recursos. A Rafaela ajudava em casa e auxiliava os dois primos, ainda adolescentes, nos estudos. Entretanto, fora inscrever-se à Direção Regional de Educação e esperava em breve ser colocada como professora substituta de Matemática numa escola. Nunca mais poria os pés no convento.

– Depois de eu ter abandonado Fátima – concluiu –, recebi várias cartas das irmãs e da madre superiora a implorarem o meu regresso. Não respondi a nenhuma.

– E a minha carta? – perguntou o Ferreira. – A que eu falava da morte do meu pai?

– Quando chegou a Fátima, eu já não estava na congregação.

– Mas podiam ter-lha reenviado para o novo endereço.

– Sim, podiam. Mas não o fizeram. O mais certo foi a madre a ter aberto e lido.

— E agora, que vai ser de si?

— Sabe que não estou nada preocupada? Neste momento, a minha vida é um livro novo que comecei a ler. Estou ainda nos agradecimentos. E o seu nome, Marco, vem lá. É por isso que estou aqui, para lhe agradecer. Foi você que me tirou as escamas da vista.

— Nem imagina o que me pesa ao saber que fui eu o causador de toda essa situação.

— Não lamente. Eu não vim aqui tirar satisfações. Vim agradecer-lhe. O que me disse sobre Fátima salvou-me. Naquele dia em que nos vimos na capelinha das aparições, eu pensei que era o Marco que precisava de ajuda. E na minha arrogância de irmã da caridade e esposa de Cristo, decidi dar-lhe a mão. Mas era eu, afinal, que precisava. Era eu que andava cega.

Ambos se olharam, em silêncio. A Rafaela esboçou um sorriso. O Ferreira estava desconcertado. Não sabia mais o que dizer e muito menos o que fazer.

Ela olhou o relógio de pulso e ergueu-se da cadeira.

— Tenho de ir – anunciou. – O autocarro para Cabeceiras é às quinze e trinta. Obrigado por me ter recebido e desculpe vir incomodá-lo aqui. Sei que é uma pessoa muito ocupada.

O Ferreira como que ganhou consciência e ergueu-se em seguida. Perguntou-lhe se não tinha fome. Já era tarde para almoçar, mas teria todo o gosto em convidá-la para uma fatia de piza no centro comercial. Ela agradeceu, mas recordou-lhe que tinha o autocarro para apanhar.

— Não se preocupe com o autocarro. Eu levo-a a Cabeceiras.

— Não quero abusar.

— Não me custa nada. É uma viagem de quarenta minutos, se tanto. Somos quase vizinhos agora. Espero vê-la mais vezes.

— É provável que sim. Estou a pensar fazer um mestrado na Universidade D. Dinis no próximo ano letivo. Já me informei na secretaria.

— Mas isso é ótimo! Vamos comer a piza?

Ao aproximarem-se da porta, a Rafaela apontou para o vaso com o *Drosophyllum Lusitanicum* e perguntou:

– Que planta é aquela? Não conheço essa espécie.

– É um pinheiro-baboso.

– Cheira muito bem.

– Sim. É a sua estratégia para apanhar moscas.

– Apanhar moscas?

– É uma planta carnívora.

– Então é muito útil.

– Quer levá-la? Ofereço-lha.

O Ferreira pegou no vaso e meteu-lho na mão.

Na primavera seguinte, colheu uma rosa branca do jardim público de Cabeceiras de Basto que ela prendeu no cabelo já crescido. Era a Rafaela a sua senhora da Aparecida e, em frente ao Mosteiro de Refoios, prometeu prestar-lhe culto até que a última estrela do universo se extinguisse.

Chaves, 1 de Maio de 2011

www.ingramcontent.com/pod-product-compliance
Lightning Source LLC
Chambersburg PA
CBHW031325170626
46807CB00002B/583